U0915991

与春天对望的女子

The Woman Meeting with Spring and Other Essays

若离 著

长江出版传媒 | 长江文艺出版社

图书在版编目（CIP）数据

与春天对望的女子 / 若离著. -- 武汉 ：长江文艺出版社， 2015.12
ISBN 978-7-5354-8448-2

Ⅰ. ①与… Ⅱ. ①若… Ⅲ. ①散文集－中国－当代 Ⅳ. ①I267

中国版本图书馆 CIP 数据核字(2015)第 243696 号

责任编辑：方 莹 责任校对：陈 琪
封面设计：泓润书装 责任印制：左 怡 邱 莉

出版：长江出版传媒 长江文艺出版社
地址：武汉市雄楚大街 268 号 邮编：430070
发行：长江文艺出版社
电话：027—87679360
http://www.cjlap.com
印刷：武汉精一佳印刷有限公司

开本：640 毫米×970 毫米 1/16 印张：18.5 插页：1 页
版次：2015 年 12 月第 1 版 2015 年 12 月第 1 次印刷
字数：214 千字

定价：48.00 元

版权所有，盗版必究（举报电话：027—87679308 87679310）
（图书出现印装问题，本社负责调换）

目　次　　Contents

目　次　　Contents

第㊀章

时光荏苒，夜色苍然

时光荏苒·夜色苍然

时间总是溜得那么快，快得我来不及记住那张俊秀可人的脸蛋，时间有时候又走得如此慢，慢得我无聊到数脸上的皱纹与斑点。

时间不变，同样的一天二十四个小时，不急不缓悠悠然。是什么常让我们感觉时间的变数无常？有时候一转身就是千山万水；有时候一痴念便是镜花水月；还有更多更多的时候，我会用尽一生时光，痴痴傻傻地在等待一个没有结果的结果……

尽管一切都看得如此透彻，我也常挤出一丝坚强而自卑的微笑，在众人面前谈及自己的归途。尤其是在喜欢的人面前，我会变得极度口是心非，那一刻我只恨找不到尖酸刻薄的狠话来冲击对方的自尊。我说我要告别单身找个人嫁了，多么幼稚而可怜的一句傻话。若真是随便找个伴，试想与一个平庸而粗犷的俗夫朝夕相对的画面。

我握着一本书，听着唯美的音乐，不小心被书中的故事感动得泪雨涟涟。若不幸被哪个凡夫俗子发现，他定会狠狠夺走我手中的书，不冷不热地送上一句“女人眼泪就是不值钱”，说完他将书扔在一边，关掉音乐，像头猪一样倒在床上，鼾声如雷。我想那一刻，我只会做两件事，要么自己跳楼，要么将他弄死。所以女人的另一半是关乎生死的头等大事，宁可孤独终老，绝不苟延残喘！

夜晚又像精灵一样到来，我还没有做好入梦的准备，像往常一样站在阳台上与夜灯木然对望。城市的夜晚有霓虹做伴，永不孤单，我呢？一本书，一段忧伤的旋律，一些陈年的旧忆，一丝莫名其妙的挂牵，还有眼中未曾抹去的哀怨……其实能拥有这么多，说孤独似乎有点不着边。没有想念的人，黑夜再长也不悲！

时光荏苒，月色苍凉，此经别离，徒增悲悯，甚感枉然。若再相见，必将有缘；若是离开，别再回来。

窗外的阳光

窗外的阳光格外的诱人，这是我入冬后第一次感觉到它的温暖。前几日虽然它也常露脸，但我只当它是路灯或明镜。今天它不只是会发光的路灯，在照亮世界的同时它还有一股神奇的力量能为万物取暖，为心灵加温；今天它不是闪着雪光的明镜，镜子可以还原世间万物以及人类最原始最本能的模样，而它有温暖万物的力量。它落在沉甸甸的枝头，枝头瞬间清新有致；它照在路边枯黄的叶子身上，黄叶死得也璀璨；它路过我的窗前，虽然玻璃窗抢先拥它入怀，但它却温暖了我朝朝暮暮的心，还有我未曾搁笔的诗行。

都说境由心生，其实很多时候是心由境生。当然，如果好天气遇见好心情，好心情时又遇见了对眼的人，这种心境互生的微妙感，想必是这世界最可遇而不可求的一道奇景。然而这种千年难得一逢的良辰美景，并非每个人都那么幸运遇见。反正苟延残喘三十载，我是没有那么好的运气的，不过在寒冬里遇见暖阳那感觉也是不错的！至少我今天出门抬头的第一眼发现了温暖，这温暖不是映照在脸上，而是停留在心里——熠熠生辉！

我是个冷色调的人，所以在冬天里比较缺乏温暖。前些时候斜风细雨的，我很晚才出门，有时候整天关禁闭。今日出门早，这不得不赞颂太阳的功德。虽然从家里到办公室只有百步的距离，阳光伴我同行或许只能用分秒计算，但我的心却是暖的，因为我知道这个世界需要温暖的人太多，阳光不可能只为我一人出现。来到办公室，我又与阳光相遇，不过此刻它在窗外，我在屋子里，我们之间仅隔着一层玻璃的距离。看似薄薄的一层透明玻璃，却隔着两重世界——内凉外暖。这使我突然想起某些不堪一击的场景，其实有时候人与人之间的相处看似近在咫尺，而心与心之间却隔着万水千山。不过我庆幸的是阳光比人心磊落，它不能为我取暖是因为更多的人或物需要它，而人心未必有如此大爱！

窗外的阳光渗透窗台，拂去了我眼角的苍白。我坐在办公桌前用手机抓拍这温暖瞬间，用文字记下这美好的一天。冬天在冰霜如雪的时候开始，冬天在温暖的记忆里慢慢走远。我还是一个人静守岁月，如果可以，但愿上帝能赐予我一个花好月圆的来年！

错过一场雪，期待下一场

我一定是迷失在去年的梦里未归，不然怎会错过赏雪的最佳时间？其实昨天就收到昨晚武汉要下雪的信息，只是信息有些模糊，没注明是晚上几点钟下。不过对于我这只晚睡又贪睡的夜猫子来说，我是很乐意也很有耐力守着黑夜期待 2015 年第二场雪的到来的。我虽有如此决心要做第二场雪的初恋，但决心有时候总是熬不过长夜，昨晚自己是什么时候睡着的我竟不知。

真是夜长梦多！一个人也可以有如此多梦做？我不得不叹服自己！然而梦终究是梦，等我睁开双眼时梦里的风景已烟消云散，没留下任何蛛丝马迹。我完全记不清昨晚梦里出现的人与物，也忘记那条要下雪的短信，像是一切从未发生。

习惯性地每天睡醒后的第一件事是伸手抓梳妆台上的手机，这并非是说我有多忙，主要是因为我手机里库存了很多我喜欢的歌曲，有古典的、有流行的、有轻音乐，还有摇滚……反正根据心情而定，什么样的心情配什么样的音律，如果我什么都不听就起床，那必定是黑色的一天。

今天等我打开手机音乐翻身朝窗外望去时，我多么懊悔啊！天啊！我怎么可以忘记昨晚是要下雪的，不是说好要做第一个赏雪的人吗？还试想要做雪的初恋，全是空谈。窗外已是白雪皑皑，像我这般健忘之人有什么资格拥有雪花的初吻。将目光从屋顶移到地面，如果说屋顶上的雪如同纯洁的少女，那么地面上的雪便已是残花败柳之身。我喜欢屋顶上纯洁如玉的白雪，我更爱地面上深深浅浅的雪痕。其实人生也好比是一场雪，刚落下来的时候如同一块完美无瑕的玉，只是后来经过的人多了，再纯洁的玉也会留下斑斑点点。

雪好像是累了，没再下。真遗憾！没来得及告诉她其实我是真心地等了她一晚，无奈她却急着转了身。雪虽然尚在人间，但我知道她的心她的灵魂早已经离开了，留在人间的只是她苍白的身体，尽管很多人还为此着迷，但我欣赏的却是她高尚的灵魂。期待下一场雪的来临，期待一段纯如雪的爱情，无论是第几场雪，只要是在适当的季节认真地落下，我都会真诚以待并与她深情相拥。

随它去吧

随它去吧！来来往往都是过客，离离合合都是缘分！人生本就是一趟没有回航的旅程，路上遇见的人和物终将成为过往的风景，无论这一生要错过多少风景，但愿在花败之年还有一个人能陪在身边看日落日出，那就是幸福与永恒！

今晨玩了一个很不成熟的游戏，通过微信群发功能来验证哪些人已将自己删除，信息一发出我就后悔了，毕竟微友多是生活中的朋友，发这样的信息反倒显得陌生。或许是这个游戏太不够人性，也或许是人与人之间太过冷漠，所以回复的人少得可怜，其实很多微友都是从不互动的，有些微友改头换面后我更是无法对号入座。我清理了一些微友，同时也开放了一些不让他看我朋友圈的朋友。被我删除的这些朋友，不知道他们是通过怎样的途径成为我的微友的，但因没有交集体现不出朋友的价值所在，所以陌生的存在也是没有意思的！我看了看被我设置为不让看我朋友圈的微友，发现都是曾经交往至真的朋友，只是后来因为时光的流逝让我们形同陌路了。虽然现实总不及想象美好，但我还是要感谢那些曾给我美好又让我心痛的人。

到了不惑之年的年龄，优柔的心经不起太多的折腾。累了！幻想着能有一处桑榆之地安身，不奢想那里会流光溢彩、花团锦簇，只要握住的是温柔，朝前的是守候，此生，足够……然而人生总在频频回顾中错过，以微笑开始，泪水告终……

随它去吧！路过的是风景，握住的才是永恒！看，三月的阳光多么的和煦、风儿多么的柔情、如此诗情画意的季节，我怎忍心续写别离。如果你只看到我的任性，我只能说是因为你还没有将我读懂。其实我骨子里就是一个小女人，冷傲的背后深藏着似水柔情。再强大的女人也有弱不禁风的时候，再柔弱的女人也有天崩地裂的时候。漫长而无稽的一生啊！该用怎样的笔来续写离别与守候？他年的坟头可否长出一种草叫无忧！

别让心灵感冒

据说感冒会传染，我这次感冒绝对是无毒的，请放心阅读，该文章无病菌，更没有殃及池鱼的祸心。不过要提醒大家，春天万物复苏，感冒也趁势火了一把，敬请诸位遇见感冒那家伙尽量绕道而行。

我这几天被感冒那家伙搅得头昏脑涨，服了几天药也没能完全将那家伙击毙，我可怜的脑袋瓜啊！本来就被某些事搅得晕，这会儿，感冒那家伙居然在我大脑里搭台唱戏，这种幸灾乐祸的行为，的确让人痛心疾首！

话说是在正月初七的一个下午，风卷残云，雨湿江城，我撑着伞满大街找理发店，只为给我那忧伤的发丝沐浴，我不畏艰辛，风雨无阻，走街串巷，最终还是败兴而归！最倒霉的是，不经意间被感冒那家伙偷袭了。我回家后没过多久，头就发晕，到了晚上头开始发痛。我靠在床上，开着空调，手中的书没翻几页就被放弃了。我不知道头为何会痛？也根本没认识到这是感冒的预兆。当时我只是努力不让自己去想太多的事情，想问题想多了，头痛也是常有的！熄了灯，安静地躺下，期待着一觉醒来柳暗花明。然而那一夜终究是难熬的！人在生病时才会深刻地意识到单身的苦闷。

没睡几个小时，醒来头还是晕乎乎的，隐隐痛。不想起床，木讷地盯着墙壁，心中有些小小的忧伤。从床头抓来手机写了首头痛的诗，然后又走马观花地逛了微信朋友圈，有几位朋友在朋友圈说自己感冒了，这会儿我才意识到自己头痛是拜感冒那家伙所赐！在我的印象中，感冒不算是病，顶多是咳嗽几声挺挺就过去了，出现头疼的症状几率比较渺小，这或许是与年龄有关。年轻的时候生命如铿锵的花朵，经历再多的风雨狂澜也不会轻易低头。现在的我们虽然还童心未泯，依旧贴着青年的标签，但人体的各个器官功能已日渐衰竭，抵抗能力远不及豆蔻华年时了。我不得不承认青春在我们还未真正长大之前就匆忙老去，岁月不会替我们记住那些青涩的雨点、娇羞的欢颜，因为青春没有挥霍不完的明天。

这几天药还坚持吃着，心事该想的还是要想。不管过去有多少的不愉悦，我都得为自己努力建造一个流光溢彩的明天。我很感谢为我送药的友人，人生中有时候一个小小的举动也会给别人留下很多的感动！昨天感冒好像是好了很多，可能是下午出门偶感风寒，或是我这个没有常识的丫头晚上吃了辛辣食物，晚餐后回家头又开始痛了。一位好心的朋友说为我邮寄一些进口的药给我，我谢绝了！原因是新年寄药不吉利，他当时还笑我迷信。就算是有点小迷信吧！

我希望自己新的一年开始有好的彩头！感冒这家伙选择在新年的开篇来缠我，我想也必定是有一些缘由的。其实感冒并不可怕，可怕的是心灵的感冒，头痛也不可怕，最可怕的是从心中长出的痛。我告诉自己，无论是哪种感冒，哪种痛，我都要勇敢地将它们踏在脚下，让一切痛楚与疾苦永无出头之日！

从此我会善待你

——致自己

又长大了一岁！为自己祝福吧——那个会笑会哭可爱又可恨的自己。

都说过了一天就少活一天，这或许是真理，但我还是很想为这个所谓的真理多做些诠释，或者重新做修订。生命的意义并非用长短来计算，如果将生命交由时光来判决，那必定是一个失去灵魂的人生，对于我而言，我不看好漫长的苟且，我更在乎刹那繁华。

时光永远都那么恬淡，忽然发现自己越来越接近这种风格。回想那些叛逆的时光，青涩的诗行，仿佛在读一部青春小说，无论多么专注也很难让现在的自己融入角色。我曾经是那么自恋，那么爱那个懵懂任性爱哭鼻子的自己，也曾经心如止水地为某段莫名的相遇闹得翻天覆地，爱得苦大仇深，现在想起这些经年往事，我竟忍不住捂着嘴巴偷笑。只是当时太年轻，很多事情也只能发生在相应的时光里，如果换成现在，我未必有如此勇气。

我一直以为在这个世界上最爱的人莫过于自己，细想其实我从来就没有认真地善待过自己。在学校时只对校园外的天空抱有幻想，在情窦初开的年龄憧憬着成年人的恋爱方式，到了谈婚论嫁的年龄我却对佛经产生了浓厚的兴趣……现在的自己硬是被一个叫文学的梦所迷惑着。我本不是什么文人墨客，自从混了一个冠冕堂皇的诗人标签，我就得尽量让自己像诗人一样痴癫地活着，有事没事都喜欢吟上几首破诗。当别人在为生活劳累奔波着，我这个所谓的文人只顾着把酒言欢吟风弄月。当一场华丽的盛宴谢幕，独自挟着孤独的灵魂醉卧在孤独的夜里，轻轻地关上冷清清的门窗，寻一段冷清清的岁月，心却像个起死回生的亡灵一般喜怒无常，任笑得多么恐惧，哭得多么壮观，也影响不到黑夜的情绪，还有站在回忆里的那个人，在心里死了又活，活了又死。到最后，那个人还活着，死了的只是自己的心。

三十岁以前的自己，是个有着成人的模样，心灵却泛着天真的痴人。我为从前的岁月做了个简明扼要的总结：耗尽自己的青春，编织别人的梦境；捧着无关的爱情，伤着自己的心；仰慕着古老的辉煌，折腾着自己的今生……在这孤影对阵的长夜，我想对自己说：过了今夜我只想为自己而活，活出自己的风格，善待自己，对每个迷途的自己道声珍重！同时我也想对我的母亲道声：妈妈我爱你！感谢您给予我生命！也感谢一直在默默关心鼓励我的朋友们！明天腊八节，记得喝腊八粥哦！

遇见与别离

人生中有许多不可预料的遇见，有些遇见如昙花一现，虽唯美短暂，却可以在记忆中绽放永远；有些遇见签下了死生契阔的合约，然而漫长并非是诠释美好的最好方式，许多初见时的美好于无情岁月中寂灭，贴着生死相依的标签，生产同床异梦的劣质品，该是多么痛心疾首的一件事。若两心不能相惜，再漫长的相守也只能算是一种敷衍。

人生最值得纪念与祭奠的莫过于遇见与离别。每个人的生命里或多或少有那么几次碰触心灵的遇见，以及痛彻心扉的离别。遇见时的欢悦，让当时正值青春的我们，任意挥霍青春的筹码。当青春在一场不欢而散的宿命里告终，我们还有什么资格为初见时曾许下的“天长地久永不分”来买单？

“不忘初心，方得始终”，多么励志的一句格言！不是我们太过善变妄念，只怪我们不该在萌芽的季节做出拔苗助长的荒唐事。很多美好只能在适当的季节璀璨永恒，很多遗憾是我们不经意间为命运缝上的补丁。初遇时的那份美妙与憧憬，在记忆里是一道不可磨灭的风景，也是一道不浅不深的心痕。

生命的藤蔓漫过青涩的年龄，一朵朵无言的小花，无声开过又无声凋落。每一次的遇见与每一次的别离，或镌刻或遗忘，或璀璨或圆寂，只要每次都以真诚对待，不管结局是否完美，至少心中无憾！

人生本来就是一场从遇见到别离的过程，遇见的时候我们如花朵般灿烂绽放过，但愿别离时笑容依旧灿烂如初。

蓦然间

今夜像往常一样安静，不能安静的是一颗历经沧桑的心。站在阳台上望着迷离的灯火，我的心也跟着深陷。来这个城市一晃已是半年，很多无法释怀的牵念，曾经努力想要忘记却不能忘记的，转眼间，岁月已为我写下答案——淡然、浅忘。

来武汉的这半年是我人生的转折点。我不再像从前一样，活在自我世界里，不知窗外还有别样的天。这半年我过着正常人的生活，除了单纯的创作，在朋友们的支撑下，我还有一份舒雅的工作。在工作中我学会了成长，同时也体会到很多工作中带来的乐趣与苦涩。我是个崇尚自由、随心随性的散人，生活无规律，不会照顾自己。如今的工作很适合我这个散人。

也许是城市与城市之间气候不同，回武汉的这些日子，我的气色大不如从前。按理说我现在的生活比以前要规律得多，可脸色却暗淡无光。为此我还去看了医生，但并没发现不良症状。身边的朋友问我是不是有什么心事，感觉我终日心事重重。我说不出所以然，不知道自己的心是否还完整无缺。只是每次被问起，心就会阵痛。我知道我自己的心从未真正属于过我自己，我这一辈子最对不起的就是自己的心，让它久经风霜，备受痛苦与折磨，不过我不想再让心为某些不值得的故事而难过。我很想做个快乐的人，改善从前忧郁的性格。我知道这是需要时间去润色的，我坚信只要心里种下快乐的种子，总有一天快乐也会发芽。

我承认自己在心里就从未认真去接纳过这个城市，总以为终有一天自己还会返回深圳。经历了一些事也看轻了某些人，不知不觉中我已经融入了这个城市，现在也知道为自己的以后做打算了。细想自己当初对深圳是那么的不舍，现在好像对深圳已淡然了，其实并非是那个城市吸引了我，而是因为某些人某些故事让我无法释怀，所以当初选择离开是那么的恋恋不舍！身边很多朋友说我选择留在武汉是正确的，我现在想想也是，那么多朋友给予我鼓励与支持！我应该是幸福的！

时间真是剂良药，没有治不愈的伤口，只有铭记苦难的伤疤。此时的武汉已起凉意，深圳这个时候应该还在复制夏季。我很喜欢深圳的冬天，因为暖和；但我更爱武汉的秋天，因为这里季节分明，这里的人们更是热情！深圳，我爱过你，那只是曾经。但我更在乎现在，珍惜当下。

从一个城市飘到另一个城市，只是一个从陌生到喜欢的过程。时间在游走，故事在改变，一切不可能的可能就发生在蓦然间。

不是不害怕孤独，只是不想将孤独放大，更不想让孤独破土发芽，所以我任性地享受着单身的冷漠与自由。一个人的日子虽然清寂，但日子久了，这种清寂也就变成一种优雅的格调。

不害怕与回忆对话，就怕在美好的故事中丢失优雅。有多少牵了手的手，到最后不都是形同陌路？又有多少听不腻的甜言，最后都变成了骗人的谎话？曾经那么相信爱情，期待有一个温暖的家，可是为爱掏空了心又能怎样？回首还不是密密麻麻的伤！现在一个人虽然心无所依，但我也可以把日子过得优雅。上上班、看看书、种些花草、听听音乐，偶尔还会发发呆，想想未来……这种无拘无束冷暖自知的生活，未免不也是一种孤独的美妙！

一首歌曲我可以听到电源断气，只要我乐意，无须担心会有人说这是噪音。也经常会为了一部好的影视作品熬到天明，即便第二天变成熊猫眼，也不用担心有人说我不再美丽。这就是单身的优势，我的生活我做主。

最害怕的是遇见雨季，每次下雨，我的心情就会大片大片地被淋湿。一些莫名的伤感就会不请自来将我团团包围，那一刻我害怕那比死还要可怕的孤独来缠绕我。于是在心中祈祷生命中会出现一个人来为我诠释快乐的真谛！毕竟雨季有期，幻想终归虚拟。雨下了一场又一场，那个为我诠释快乐的人至今不知何处……但我依旧恬静而从容地笑着生活。

一个人的日子或许寂寞，但我不再害怕寂寞，因为寂寞也是一首唯美的歌！我静静地哼唱着这首寂寞且唯美的歌，笑看花开花落。

雨言

静不下心去聆听一场雨的心事，更静不下心用文字将夭折的光阴记录。站在高处，隔着被雨水吻伤的玻璃，呆滞的目光漫无边际地在雨的王国里寻找什么？寻找什么呢？这是一个无法安静的世界，我一遍遍在心中这样问自己。问自己到底在寻求什么，怎样的生活才能让我亲昵快乐，有没有一种方式能将自己的思维与现实切断……或许只有远离喧嚣，我才能真实地将往日的宁静挽留。然而此时的我，心海激流暗涌，荡起千层涟漪。我无法让自己安静，就像雨水无法将浑浊的世界洗净。

都说喜欢文字的女人是善感多愁的，其实也并非每个喜欢文字的女人心中都藏着一颗忧伤的种子，只是遇见了雨天，娇弱的眼泪就会和柔弱的雨水浑然一体，分不清哪颗是忧伤的水晶，哪颗是叛逆的泪痕。欲真要验明正身，只怕是要等到雨水干涸，眼泪枯瘦。

可是雨水是理性仁慈的，只有在万物需要她的时候，她才美丽现身，所以雨水是没有干渴的时候的。只有眼泪是最愚蠢最没有骨气的，眼泪如同不速之客，常常不请自来，来了还赖着赶不走，所以我害怕眼泪枯瘦。

看着街头傲慢不羁的车流，载着雨的忧愁没方向地漂流，我为雨水担忧，怕纯净的雨水会被载到不纯净的地方，那样我的眼神会更加迷乱。雨落得这般优雅静美，虽带着淡淡的忧伤，但任我怎么看怎么想，她都是美的化身，无人可以替代她来抚慰我内心的孤愁。

雨下着下着天就黑了，心事想着想着就淡了，日子晃着晃着就远了，感情放着放着就走了……房间里传来一首歌：

这是一片很寂寞的天
下着有些伤心的雨
这是一个很在乎的我
和一个无所谓的结局
为了那苍白的爱情的继续
为了那得到又失去的美丽
就让这擦干又流出的泪水
化作漫天相思的雨……

离人

那年，我驾着雪花来，疏忽了身后五百年的等待。你将我的名字默默塞进口袋，多少年了，蝴蝶飞过了断崖，飞过了沧海，可就是没办法飞进你的口袋。因为口袋被缝死了，缝死的是口袋，装进里面的是一片真诚与感怀。

那时的我，独自在风中，用心临摹一个冬的苍白。忘记了红尘中有千万份等待，忘记了四季里有个季节会春暖花开，于是我忘却了自己的名字，忘记了那个被缝死的口袋，终日保持一种冷冰冰的姿态，一如既往地守望那片死海。若不是那个秋的浓彩，诱惑着尘封在冰窟里的逝爱。或许这个冬季，徒留一片空白。

拥有一个秋的浪漫，淡漠了四季里所有的光环。当我拥抱着自以为是的幸福，无意间却丢失了整个世界的关怀。我的冷漠，我的无言，终于粉碎了那个缝得密不透风的口袋。当你的双手，再次经过口袋。你并没有太多的感慨，只是很自然地憨笑。那份友情，那份真诚，在陌路独自离开……

告别那个青涩的年代，细数过往，却发现很多相逢只是一个意外。春天不只是为花儿而存在，道路不会只为一个人而开。来来往往的是过客，也可能是等待？如果你我曾擦肩，如果我的名字，曾短暂地婉约过你的笔尖，请允许我，继续走我的冷色路线。因为我终究只是一个离人，一道无法触摸的远景。半生风雨，半生飘零。

红酒女人

这一杯温婉的红，优雅地静坐在透明的水晶杯中，与我对望。它的眼神隐若着几许忧郁，当冰块直入它的心脏，它再也无法保持安静，整个身体在冰海里开始战栗。冰如同一个冷面无情的杀手，当它被主人下了死命令，一剑刺伤了这位柔情似水的红颜。而这位红颜用迷离而恬静的双眸凝望着它，冰为自己的行动而追悔莫及，为表示自己的忏悔之心，它卸下所有武装，只求与这位薄命的红颜共争一朝一夕，最后它们融合为一体，在我的体内，用激情演绎生命最后的璀璨。

优雅地举杯绝非一个贪，也并非是酒的魅惑。每一次举杯只为寻找一份释然，一份与世无关的淡雅与超脱。

独饮是对寂寞的超度，独饮会让一颗孤独的灵魂瞬间升华。独饮时若能让自己时刻保持清醒，在清醒的同时又能将心中的忧虑抛之云外，这是喝酒中最唯美且最高的境界。若是借酒消愁愁更愁，几杯下肚不是呕吐，就是语无伦次地说着不着边的话，这是酒中最悲惨的一幕。一个女人若有独饮的习惯，是一种怜悯也是一种豁达，是一种自摧，也是一种凝练。别怀疑我，我还没有达到独醉这种不凡的境界，但也不拒绝偶尔为红酒片刻沉醉。

在人生中能与酒媲美的唯有友情。酒是越陈越醇，友情是越深交越至善至纯。人生难得一知己，若能交到一位心无距离畅所欲言的朋友，乃人生一大快事。与这样的朋友举杯共饮，饮的是一份甘醇与至诚，享受的是一份美好与共鸣。多少人在寻寻觅觅，期待知音的现身，然而友情也是需要缘分的，可遇而不可求！我为自己拥有这样的朋友而感恩。如果爱情是一杯浓情的咖啡，那么友情就是透明的纯净水，咖啡只为回味提神，而水则是生命的源泉。两者相比，谁轻谁重，相信你们自己都会丈量。

一直以为自己与酒很陌生，其实并非如此，只是自己从未对酒敞开过心扉，是因为不懂它，所以才不接纳它。更多的是缺少一份品酒的好心情，一份如酒般醇香的友情。从那一刻我改观了对酒的态度，也走出了自己对爱情的误区，人生有时候需要酒来适当调剂，爱情有时候要学会从容放弃。不怂恿大家去酗酒，尤其是在状态不好心情不佳的时候，最好不要用酒来麻痹自己。酒是用来品的，不是将它当作毒药来摧残自己的。

一杯红酒在手，一份友情在心，孤独此刻无处藏身。红酒可养颜，友情可养心，拥有这两者，人生不凋零。一辈子只懂抒写爱情的女人，结果却被爱情辜负了一生。将目光从刺眼的玫瑰堆里收回，眼前一池白莲，朵朵纯洁高尚。

杯中的红酒不再忧郁，因为有人将它读懂。我用心回味它的醇香馥郁，它用生命还我一份浪漫与自信。

一个人的圣诞节

天灰蒙蒙的如同我未睡醒的双眼，然而此刻我的眼睛却是醒着的，比星星还亮。不想起床，赖在被窝里，让打着哈欠的灵魂多享受片刻温暖。

今天是圣诞节，是西方国家的节日。我是一个中国人，自然这个西方节日在我这里得不到体面的尊重，当然我也不会看轻这个散着洋味的节日，只是突然觉得一个人有点害怕过节日。所谓的节日洋溢的是一种喜庆与愉悦的气氛，可是我找不到值得欢庆的证据，至于心情如何，只有我自己知道。此时，我微笑的眼神里镀着琥珀的晶莹，打湿了昨夜梦里不小心途经的温馨。将被子轻轻扯开，想着梦里的呢喃，茫然地望着苍白的墙壁，深深地呼了口气，告诉自己梦与现实是有距离，再美的梦境也只能停留在一个无法触摸的世界里，就好像那些刻在记忆里的感动，只可意会却不可言传。

五点钟就从梦中惊醒，梦中有一个身影悄然而至，然后又匆匆转身，叹光阴如流，即使是再熟悉的身影，当决定离开的时候，等待我们的也只不过是一场花期的殆尽。我醒了吗？真的已离开了那场梦吗？我要起床，不要再在被窝里寻觅着过期的余香。一个人的圣诞节要学会独自狂欢，其实人生的路都是自己一个人在走，路上遇见的人和事随着时光的打磨都沦为故事的背景。有时候很想努力去导演一段刻骨铭心的故事，可世事不如人意，很多时候努力是无用的，越是在乎的越是背道而行。

今天过节，我为自己放了一天假，结果哪里也没有去。就这样宅在家里，抱着书，听着音乐，啃啃文字，一天就晃了一大半，不知在剩下的半天光阴里能否邂逅圣诞老人？若是幸运遇见，我想问他圣诞节的意义何在？若是无缘遇见也是必然的，因为圣诞节在我这里得不到 celebration. 一个人的圣诞节虽然有些清寂，但我还是想对大家道声：Merry Christmas!

第㈡章

消失的村庄

消失的村庄

故乡还是故乡，我也还是我……尽管人是物已非；尽管乡音未改貌已衰；尽管思念犹存却不见故人回……但我从未怀疑过自己对故乡的眷顾，就像父母从未放弃对孩子的爱。

故乡的早晨醒得早。停留在记忆中的那些鸡鸣声，被枝头鸟儿的叽叽喳喳声替代。抬头仰望门前这棵与自己年龄相仿的大树，它高大挺拔枝叶茂盛，和它并排站在一起我仿佛回到童年，那时它同我一样瘦小幼嫩，想不起那时枝头是否有鸟儿在唱歌？我只清楚地记得每次催我们起床的是鸡鸣。曾在心里无数次地咒骂那些讨厌的鸡，怨它们多事吵醒我的好梦！看着它们三五成群悠闲地散步，我边朝学校走边回头用憎恨的眼睛狠狠盯着它们，瞧它们得意的样子，我当时心里只有一个想法：快过年了，看你们还能得意多久！或许是我的毒咒显灵了，没隔几天家里来了客人，母亲让父亲帮忙逮只鸡给杀了，我帮父亲选了其中一只最肥美最能打鸣的公鸡。一只鸡被送上断头台，让一群鸡丢了魂！或许它们憎恨我，就像我憎恨它们惊扰我的梦！只是它们空有愤恨却对我无计可施，而我却可以让愤怒立竿见影！现在想想，心中竟有些愧疚畏惧，那么幼小的心怎也懂得杀生！枝头不知名的鸟儿哼着不知名的歌曲，记忆中的鸡鸣在记忆中痛苦呻吟。怀念那古老的鸡鸣声，如果一切可以重生，我想对它们深表敬意！

踏着冰硬的水泥路，我在寻找岁月的步痕。条条路都修得那么冷漠英俊，记忆中那些自强不息的野花野草，终逃不过死亡的判决，就像那只被我送上断头台的鸡，在世人面前天生就没有自卫的能力，任它再努力也是身不由己。

记忆中的村庄是鱼水情深，枝茂鸟勤。别看我斯斯文文，其实小时候的我就是一个小土匪。小时候我很喜欢捕鱼，也喜欢爬树。故乡的每道沟沟渠渠几乎都留下过我深深浅浅的步痕，如今那些沟渠都发福了，肥得眼睛里挤不出一滴眼泪，只留下一具僵硬的尸体守着故乡的日出。河流干涸，鱼儿自然无法求生，它们的生命只能在离人的记忆中永生！枝头的鸟儿还是那么勤劳，看着它们在枝头筑巢，我的心像是找到了皈依。

故乡越来越时尚，记忆中的沧桑停留在我怀旧的心上。生命在一步步接近死亡，没人能记住清瘦的时光、纯真的脸庞！

孤坟

风阴阴，雨沉沉，在通往大河镇路旁的野坡上，有一座孤坟。孤坟上的野草青了又黄，黄了又青。阵阵冷风拂过，野草上的雨珠，凄凄厉厉，显得格外阴沉。这里像是很久都没有人路过，路面杂草丛生。以前这条路是通往大河镇的主要通道，来往的客商也比较多。后来听说这里经常闹鬼，所以这条主道日渐荒芜了！

大河镇是个鱼米乡，每天清晨，有不少来自四面八方的渔民来此赶集，甚是热闹。一日天未亮，空中飘着毛毛细雨。有两个村妇穿着蓑衣，一个拿着手电筒，一个肩挑两筐鱼，匆匆忙忙，像是去赶集。走着走着，忽然她们停下了脚步。在她们眼前有两条路，两条道的中间大概有一百米远，每条路的路口都挂着通往大河镇的路标牌。靠左边的路很宽，但路面长满野草。右边是条泥泞小道，这小道虽然窄，但路面不见一草一木，路线要比左边的宽道分明得多。

这两位村妇可能是外村来的吧！她们站在路口犹豫不决，两人商讨片刻，最后选择走左边的宽道。

“奇怪！这条路这么宽，为何长这么多野草？看来这条路很少有人经过……”俩村妇边走边嘀咕着。

此时的雨，好像比来时浓密得多，她们的蓑衣已被雨水淋透。冷风呼啸而过，她们不约而同打了个寒战。不知道是因为寒冷，还是路面太滑，或者是这样阴沉的环境让人感觉害怕……她俩紧挨着，哼着小调，低头艰难地朝前走。不知走了多久，突然，扑通一声，挑鱼的村妇，不小心一脚踩到了路边的小草沟里，摔了一跤。顿时，她屁股落地，肩膀上的担子也滑落在地面，两筐的鱼乱蹦乱跳，情形很是糟糕。拿手电筒的村妇急忙将摔倒的村妇扶起，然后她们借着手电筒微弱的光，找散落满地的鱼。她们弯着腰，一条一条将鱼从地面、草沟里拾起，放进筐里。

“怎么还差一条鱼呢？”拿手电筒的村妇，又将手电筒朝草沟的前方照寻。她见前方不远处草林里似乎有动静，她断定那条丢失的鱼就在草丛里。她快步上前，急切地用手拨开草丛，竖立在她眼前的是一个墓碑，墓碑上是一个小姑娘的肖像，和一排她不认识的文字。她感觉那小姑娘好像活的一样，正朝她狂笑。此刻，风吹草地声如同鬼哭狼嚎，吓得那村妇面色发青，一声惊叫，掉头就跑。那个挑鱼的村妇也被那惊叫声吓得打了个冷战。她还没来得及问个究竟，拿手电筒的村妇就揪着她的衣袖，颤抖道：“有鬼……我们赶快跑……”

“怎么会有鬼呢？你别自己吓自己？这条路几年前我走过几次，而且还有几次也是夜路，只是那时候没那么多草……”那村妇话还未说完，瞬间像是感悟到什么？她拉着另一村妇的手惊讶地问：“你——真的——看到鬼？”

“嗯……真的……就在那里……”那村妇边抖边回答。她脑里尽是刚才见的那一幕，她感觉那小女孩一直在盯着她笑。她不敢睁开眼睛，她紧抱着另外一个村妇。

“呼……呼……呼……”当风声再次在她们耳边狂吼，她们吓得紧抱成一团，谁也不敢睁眼。但不睁眼，她们仍感觉有鬼怪在她们身边打转。不知道是错觉，还是真有鬼，瞬间耳边穿过“啊”的一声尖叫，第二次尖叫声离她们很远，吓得俩村妇找不到来时的路。缓了片刻，她们鱼也不要了，两人扶持着往家跑。

回家后，俩村妇都病倒在床，很久都是神情恍惚。后来她们请来了法师，法师告诉她们，那个坟墓里埋葬的是一个叫“鱼儿”的小姑娘。据说那小姑娘很喜欢捕鱼，有一次在河里捕鱼，不小心失足被淹死。自那个叫鱼儿的姑娘葬在那条路的野坡上后，那里就经常闹鬼。特别是下雨天，有人还经常听见鱼儿的哭声，因为鱼儿被淹的那天也是雨天。因为鱼儿葬的地方，那条路是通往大河镇的主要通道，村民多次建议要将坟墓迁移。但每次提议要迁移的村民，未动土就莫名病倒，所以后来也就没有人再敢谈迁移了。

住在大河镇附近一带的村民，都知道这件怪闻，谁也不敢再走那条道，这坟墓附近一带的庄稼也荒芜了。这条路从此就成了鬼哭狼嚎的绝路，这座坟也成了众所皆知的孤坟。没人再敢路过，如今已是杂草丛生……

幸福烟花，寂寞谁心

故乡的年，仿佛一桩不能诉说的心事——如指柔缠绕、如烟花寂寞、如春风拂晓、如微雨婀娜……每一次温情的经过，每一次婉转的回眸，我心灵的原野都会遇见春天的芳香，淡淡的、柔柔的，静美而忧伤。

或许是因为我们真的长大了，故乡的田野已播种不出我们孤傲的希冀，所以我们背井离乡去寻求另一片蔚蓝；也或许是因为我们从来就没有真正长大过，任脚步踏平千山万水，也踏不平对故乡的眷恋，特别是一想起故乡的年，远方的游子无不归心似箭。

我是除夕前两天决定回故乡过春节的，之前本有旅游计划，不过再甜美的计划也抵不过父母的一通电话：你已经很多年没与我们一起过春节了！你的房间都为你整理好了，就等着你回来！就这么质朴的几句话，我的心我的脚步再也偏离不了回家的方向。回家两个小时的路程，这沿途的风景虽不及都市繁华，但最能触动骨子里的某根神经。

到家了！到家了！熟悉的风景总能让我读到别样的感动。曾经出现在记忆里的某些面孔，这会儿我是没办法对号入座的，只记住了他们被寒冷吹皱的面孔，却想不起他们的名字，抿嘴一笑就算是打了声招呼。母亲找了个未开封的新茶杯用开水烫了又烫，笑着为我倒了一杯水递给我，随后她也为自己倒了杯开水，那是个很旧的玻璃杯，杯子上留有茶垢，我紧握着这杯用爱煮浓的白开水，全身都是暖暖的。

晚上住进自己的小窝里，我遇见了多年前的自己，房间里每一张照片都能勾起一段经年的回忆，橘黄的灯光温暖着每一段流逝的记忆，我忍不住用手机记录现在与曾经。终年在外漂泊，我几乎忘记了在这个世间还有一处温馨之地为我保留着，她爱我，比我爱她要执着。

我躺在床上细数过往，忽闻窗外爆竹声声，这些弥漫着烟火味的欢唱，很容易勾起我对童真的向往，或是对爱情的悲叹！我用被子轻轻捂住头，那些爆竹声好像是渐远了，但有些记忆却更显清新。我没办法让自己安静，起身掀开窗帘，美丽的烟花用生命演绎着最后的璀璨，孤独的夜空，瞬间变得千娇百媚。我不知道将烟花点燃的那人是孩童还是有故事的人，不知道烟花的另一头是否有幸福在上演……或者在另一片夜空下站着一个与记忆有关的人，他此刻也正像我一样望着美丽的烟花，想着那回不去的曾经，此情此景真的

很令人憧憬与伤怀！

除夕之夜是烟花的盛宴，我站在阳台上落寞地数着陨落的心愿，同时也送上自己对来年的祝愿。幸福的烟花惹来无数孩童的爱慕，孤独的人在捡拾寂寞。

姐姐，我们都要好好的

我们都是传说中的红颜薄命，在冷漠的世界里，我们依旧坚守最原始的纯真，尽管人在红尘中，但愿拥有一颗不染尘的心。我们相逢网络，我们热爱诗歌，我们崇尚古典，我们还一起参加了2008年中国美比赛。在参赛百万人的海选中，唯有我俩是古装造型，这难道不是缘分吗？虽然在参赛前我们就相识，但因为有了那次参赛我们的感情由相识至相知。更默契的是，那次比赛我们都获奖了，你以优雅婉约的才情赢得季军大奖，我也侥幸收获了一个才艺奖。不久后我们都离开了网络，不再写博文了，从此联系也就浅了。

时光波澜不惊地走过，这一晃就是六年。虽然中间我们偶尔联系一两次，但每次聊天的内容都是相互感慨。你说心念都已虚无，总想远离红尘。可是这红尘中难以割舍的亲情又怎能轻言放下？至少责任就将我们束缚了。我们追求的完美，这世上没有。即便有也是昙花一现，无法脱离世俗。所以我们只能守着暗伤，孤独终老。我听着心酸，是怎样的岁月让姐姐心中烙下如此多感慨？姐姐所说的这番话，若不是经历过凄风苦雨的岁月，又怎么有这般善感？你我终究是有缘的，你的这段心语我感同身受！若不是心中有梦，若不是因为活着的责任，我也想跳出万丈红尘，择一庵，一经一帛了一生。然而我们不能，人活着就是一种责任，所以姐姐，我们要好好的！

今日你通过微信联系上了我，我很感动！虽然这些年我们各自天涯，淼淼无信，但总有一种无法用语言去表达的情愫刻在彼此的心中。你还是那么温婉贤淑，你用润心的言语关心我鼓励我。当你在关心我的时候，谁来关心你？当你祝愿我过得幸福时，谁来在乎你的幸福？你告诉我你换了一个城市生活，你说也许陌生的城市更适合你活下去。我听着心痛，因为我今年也从一个熟悉的城市搬到了另一个城市生活。若不是心对那个城市已万念俱灰，又怎么走得如此死心塌地？我们都在经历着不同的喜怒哀乐，日子再委屈也要让心快乐着活下去！

你说我瘦了，我笑着说只是城市气候不适的原因。孤独的你总是那么善良，你说两个人也可以是痛苦，一个人也可以是幸福。单身也好，有伴也罢，只要是自己想要的生活就好。不要做一个都是为了自己的心而活着的人。没了心就没有了活着的动力。事实终究难如人意。我们可以努力争取和追求自己想要的，但结果只能顺其自然。文人的内心和情感世界，不是生活中的常人能懂的。诗人海子卧轨自杀，惋惜那年轻的生命。那年和你交流，就感觉到你生活的不如意，但没想到你竟也开始了一个人四处飘零，心有不忍。终

梅
蘭
竹

于明白那些自杀的文人，或许是无法面对自己的孤独，自己的世界别人走不进来，而自己又走不出自己那无人能懂的世界。是啊！姐姐，我们是骄傲的孤独！宁可世界洁净地空着，也不让风花雪月飘进来！

我们都是活在精神世界里的另类，可我们终究是凡人，凡人就有凡人的苦闷。我把生活交给心情，但心情却常因生活而失控。你劝我别让心里装太多，也别想太多，我们生活在这世俗的红尘，既来之则安之，甚至为了适应这个社会有时候也要变得世俗。这就是适者生存。可我们偏偏就不懂世俗，爱死一张脸面而活受罪！但既然来人世一趟，就得像人一样活着，以后的路还长，姐姐，我们都要好好的！

问尘

问：为什么婴儿落地时哇哇的哭声如同冬日暖阳能温暖几代人的心，而葬礼上送别时的哭声，却如同巨雷击碎几代人的心？

答：一来一去，一得一失。微笑永远属于新生，哭泣只为祭奠曾经。拥有可贵，失去痛心！

问：为什么家花再高贵，也不及叛逆的野花迷人？

答：家花以一个家为中心、而野花是以世界为中心。

问：为什么有些人总在逃避现实，总喜欢活在幻想中？

答：理想太有锋芒，现实太过忧伤。

问：为什么男人三妻四妾是体面，女人左拥右抱就成了妖精？

答： 男人是为了开枝散叶，女人是节外生枝。

问： 为什么太阳既会发热也能发光，而月亮只能倾泻朦胧？

答： 太阳是金色的梦想，月亮是幽怨的梦。

问：为什么男人追一个女人的时候像只疯狗，得到后又像只

懒猪？

答：无论是狗还是猪，都是畜生。横批——猪狗不如。

问：我们提倡尊老爱幼，可为何往往儿童会比较受优待，而老人则多孤独而终？

答：儿童是自己从前的影子，老人是未来的鬼魂。

最远有多远

最远有多远？不是千山与万水，不是天南与地北……是现实与誓言、是冷漠与笑颜、是绚丽与枯萎……是每个被流放的昨天，是丢失的心无法唤回。

小时候我认为外婆家就是最远。因为去外婆家要经过一段很长的荒野小道，令人毛骨悚然的是荒地里坟墓遍野，听说那里住的都是年轻貌美且凶神恶煞的女鬼。有人说一到雨天，就能看见长发女鬼在墓前梳头发，或是撑着雨伞期待美少年的出现。每次要经过鬼的王国，我不敢环视四周，连呼吸都不敢自然释放，生怕惊扰了坟墓里长辞的灵魂。我只好屏住呼吸，低着头加快步伐，只恨不能腾云驾雾，将脚下的路给省略。在那段用脚步穿行的岁月，外婆家是我最想去又最害怕去，感觉最神往又最遥远的地方。如今外婆早已去了极乐世界，她曾经住过的房子，听说也拆迁了。有十多年没走那条荒野小道了，不知那些女鬼是否已出嫁？挺怀念她们的，遗憾的是从前每次只是路过，却从未与她们相见！曾经认为最远的地方，原来却是自己最怀念的。

校园岁月，我感觉最遥远的就是知识。这些知识当时并非是我所追求的，因为它常会让我感到头痛。勉为其难忍受十多年的寒窗之苦，全是为了不辜负父母的一番苦口婆心。尤其是英语课，面对那些改头换面的汉语拼音，我是真不想认识它们，更不愿为它们掏心掏肺，因此到现在见了面，它们认识我，我不认识它们。若是当初我为它们奉上一份真诚，也不至于现在见了面还那么陌生！现在想回头再与它们拉拢感情，只怕是要奉上万分的热情与执着，方能勉强靠近。回首青葱岁月，心中感慨万千。曾天真地认为读书只是为完成父母的心愿，因此总持着冷峻的态度，与知识失之交臂。如今活在当下，方才明白知识是财富的源泉，离开知识，人生枯萎。曾经认为最远的地方，原来却是自己最向往的。

告别青葱与懵懂，不小心误入情感世界，才发现心与心之间的距离最遥远。当在你毫无防备的状态下，突然有一个人闯入你的心扉，给你快乐，给你伤悲，给你希望，又令你绝望。你该怎么做？是放弃还是执着？是委曲求全还是恩断义绝？感情是人生的一堂必修课。很多人认为人生最复杂的莫过于感情，这种观点我不能理解但也不反对。我所理解的感情，应该是如水般纯净透明，并非要静水流深。所谓的感情，其实就是心与心的相惜。终日挂在口上的爱情，是经不起风雨历练的。真正的爱是无须万语千言的，因为爱本来就是无法用语言去完美的，真爱永驻心间。完整地拥有一个人的心，才是爱情至高无上的境界。曾固执地认为最遥远的地方是人心

隔墙，现在才明白感情里最遥远的距离是缺少包容与理解。

最远有多远？不是天上与人间，不是白天与黑夜……是该执着的没执着，该放弃的没放弃；是一个痴心一个善变，一个狂热一个漠然；是人在六月心在飘雪，是金色梦想瞬间苍白……

残月

中秋即至，他乡遥望明月，不由让人想起苏轼的词："明月几时有？把酒问青天，不知天上宫阙，今夕是何年？"这么凄美的词，相信月宫里的嫦娥听了也会陶醉。"人有悲欢离合，月有阴晴圆缺"，想想那些早已断点的缠绵，叹恨心中的月早已残缺！

秋天，总是让人莫名地伤感落泪。是岁月老得太快？还是红颜溺了水？为何心情会如此苍白？苍白得无一处景色。多愁的秋水，趟过了多少如诗画面。梦中的玫瑰，早在千年前就已凋谢。

拾一片落叶，把思念写在上面，将它装进信笺里，但却不知道该邮寄给谁？趴在窗台上，傻傻地望着天。月儿尖尖，悬在天边，如一艘无人驾驶的船，泊在湖心，任听浪来差遣。

突然间，特别地思念故乡的月。在我的记忆中，故乡的月总是圆的。小时候常依在母亲的怀里，听她讲嫦娥奔月的故事。幼小的心灵，满是好奇。听完故事，真的好羡慕嫦娥仙子，好希望自己也有通天的本领，飞到天宫里感受一下这世外仙境。后来听了牛郎织女的故事，才知道天宫里原来是如此的寂寥冷清。我想嫦娥仙子现在肯定很后悔，后悔不该弃夫奔月。因为月宫里太寂寞，要不然玉兔怎么会偷跑到人间来觅郎君？

玉兔都知道贪恋红尘，世间女子如何会不多情？书中有不食人间烟火的女子，现实生活中却难寻。翻阅五千年的史记，有哪一位红颜不是被情所困？可叹红颜薄命啊！一直以为自己已经炼到了不沾尘的境界，可在中秋即临的日子，我却又如此地哀恸。期盼有一个人，陪在身边，肩靠肩坐在草坪间，共享中秋的月明。

心中的月，残了又缺。秋夜的记忆，忙不停歇。记忆中曾有过一轮圆月，只是那轮圆月被天狗吞食了，如今只剩下一片漆黑……

思念如今只有怀念

——沉痛哀悼奶奶仙逝

也许这个清明不会下雨，如若再下，也许大海就会决堤。看，我的眼睛，有千万河流、湖泊暗涌……当它们疯狂地涌入大海，大海也会措手不及。这一切只因为你，你走得太匆忙，尽管我用风的速度向你狂奔，但还是没来得及向你道声别离。

2012年2月21日，你遗弃了阳光，遗弃了故乡，遗弃了世界，遗弃了我，遗弃了所有思念你的人……去了那个叫天堂的地方，而你的模样，你的过往，你的每一个微笑，甚至是与你有关的每一物一草，在此刻都是那么深情珍贵！我真的很怕，很怕所有与你有关的记忆，也会魂飞魄散。

二月写上的别离，在谁的眼泪里织成伤感的雨？我躺在雨里捡拾所有关于你的记忆。窗台前的白菊，被雨水洗得更加洁净，只是它比以前多了几许苍白。坟前的野草，倒是被雨水灌溉得更有绿意，只惜坟墓里的心已死。

都说人死了就会变成鬼，以前我很怕看到尸体，更别说是近距离接触。可看到你安静地睡在那里，不和我说话，我的心好痛，好痛……我疯了似的扑向你，紧紧地抱着你，不忍你就这样离去。明知你不会再醒，也不是有意惊扰你的长梦，可我就是控制不了自己的情绪，千万次地哭喊，也感动不了另一个世界的你！

当你的身体被火化成一堆白灰，装进那个刷着黑色油漆的屋子，我彻底地绝望了！你真的走了！此生再也见不到你，我不知道自己该用怎样的方式向你道别，也不知道怎样释然自己，此刻的我呆若木鸡，连哭都是无味的！

你走后，老天一直在哭泣，下葬的那天，尽管老天格外开恩，用丽日为你送行，但风过荒野发出的声音却是如此阴沉。去为你送行的队伍如长龙，大家都说你好福气，可我就是听不懂！人都不在了，何来的福气？当看到你和爷爷被合葬在一起，我好像突然明白了许多，你和爷爷离别多年，如今重聚，对于你们来说也许真的是一种幸福！只是你们留给我太多太多的回忆，我无法从关于你的记忆中走出来。思念，这么快就转换了方式，从另一个世界步入另一个世界，思念，如今只能怀念……

再过几天就是清明，想象银钱与纸花制造的另类风景，我的心又开始痛！天堂的节日，人间的眼泪狂欢节，我不知是该为你们祝福，还是为自己痛快地放声大哭？今年的清明，不能回家为你们扫墓，就让我这简单的文字，再次为你们真心地拜祭！我的亲人！请你们在另一个世界好好照顾自己，离别也只是暂时的，因为来生我们还要在一起……

寄往天堂的一封信

——写给汶川地震中受难的孩子

在未提笔之前，我的眼睛已经红了好几遍。因为想起了你们啊！孩子！想起你们匆忙离开的那一天，想起你们拥挤在废墟里血泪斑斑的脸，想起那一排排失去主人的小书包，想起跪在雨里哭天喊地的父老乡亲……我的眼睛开始模糊了……模糊了春的明艳，模糊了窗外的天……

那一天，来得太汹涌。校园里的琅琅书声，竟是你们最后的诀别。来不及把昨日的功课温习一遍，来不及将自己的理想告诉蓝天，来不及和亲人道声再见……一声巨响隔着两重天。这一别竟是三年，听说通往天堂的路很黑很遥远，所以你们再也没有回来，把思念留在人间，漫山遍野。

亲爱的孩子们啊！告别青青校园，告别人间暖暖炊烟……在天的那头，是否有你们新的家园？这漫长的三年，你们是否期待过重返家园？是否在心里将父母惦念、埋怨？我能想象这三年，你们是在恐惧、艰辛、期待、思念、怨恨中度过，苦了你们，孩子！不是祖国将你们遗弃，不是人民把你们忘记，更不是你们的父母狠心。如果你们能亲眼看见三年前，国家领导和武警官兵奋不顾身抗击灾情那惊涛骇浪的险境；如果你们能亲眼看见，举国上下为你们哀悼，那泪雨成河、痛楚无声的悲景；如果你们能听见，自己的亲人跪在雨中，叫天天不应时，那撕心裂肺的惨境……我相信你们都会为之感动，肃然起敬。说到这，我的心在隐隐作痛，我再也控制不了自己的情绪，坐在电脑前泣不成声。

这些痛楚的过去，我本不想再提起，怕你们会抱成团，伤心哭成一片。孩子们！我只想告诉你们，祖国和人民从来都没有忘记过你们。还有你们的亲人，看看这三年，他们头上添了多少白发，脸上增了多少皱纹……我相信你们能读懂。也许他们现在还没有从痛苦的别离中走出来，虽然表面看一切都已风平浪静，但那份痛，却如同一根刺长扎心间。

别哭！孩子！天和地之间虽然相隔很遥远，但他们血脉相连。无情的灾难将我们分隔两界，但我们的心却在同一地点跳跃。岁月也许多疑善变，但请你们相信，人间大爱是一尘不染。5月12日这黑色的一天，铭刻于中华儿女每一个人心间。每年的这一天，是中国人民的哀悼日。

孩子们！请不要用质疑的眼神望着阿姨。虽然阿姨这张面孔，对于你们来说是陌生的，可阿姨的心是真诚的！爱也是真诚的！全国有亿万张如同阿姨一样陌生的面孔，但他们却拥有着同一份爱，同一份真。三年前废墟里徒留的痛楚与叹息，在爱的海洋里绽放传奇。

永远的怀念　永远的痛

自你们离开的那一年，在我心里就种下了一颗叫思念的种子。这是一颗神奇的种子，无须浇水，无须施肥，它也能长成一棵大树。这是一棵常青树，思念是这棵树的脉搏，痛苦是这棵树的神经。树根埋在一颗叫永恒的心底，树枝顺着故乡的小路，伸展到一个叫天堂的地方。我的亲人，你们可曾看见？这每一枝每一叶，倾诉的都是我对你们无尽的思念。

农历七月十五是你们的节日，我很想小死片刻，去天堂陪你们过节日。如若可以，我什么也不带，只带上我的眼睛，我的心，还有这沉甸甸的思念。或许这些太轻，远远不能表达我对你们的思念与孝敬！但是这世间还有什么比眼睛看见的更清澈透明？比深入骨髓的更刻骨铭心？所以我只带上我的眼睛和我的心，因为我想用眼睛将你们现在的样子牢记，然后扫描于心底，再将我心中满腹的思念播种在你们的屋前，让停留在人间的思念在天堂长成一片绿荫。

在这幽深绵长的深夜，将回忆一遍遍温习。那些遥远的道别，只是一种表层的分隔方式，真正的离别是对面不相识。尽管与你们阔别多年，但时光并没有模糊你们的样子，你们还清晰地活在我的记忆里。只是，以前每次见你们都是阳光与笑语，如今每次在记忆里与你们相遇，不是阴天就是下雨。尤其是你们在记忆之门转身的那一刻，我想留也留不住，无法抓住你们的双手亲口道声珍重！我只好站在离别的路口，对着远去的背影泣不成声。

我的亲人，你们在天堂过得可好？明天是中元节——天堂的节日，人间的眼泪狂欢节。我不知是为你们欢庆，还是为自己痛哭……想象在故乡的路口堆着一堆堆泛黄的银钱，上面写着你们的名字，还有你们儿孙的名字，若我的名字被遗漏，不知你们是否还能将我记起？想到明晚你们都会步履蹒跚赶回故乡团聚，而我这个离人，却如同一叶萍在他乡漂流，注定要缺席。不知有没有一条河流可直通故乡？如若有，我想将思念与问候打包，托付流水来邮寄。一声问候，一片思念，很轻很轻，但却很真很真，希望您们能将它们载往天国，让人间的思念在天国漫山遍野。

写到这，我好想痛哭一场，可嗓音哽在喉咙里无法伸张。心明明是痛的，可我却学会了用微笑来掩饰。一掬清泪顺着脸颊落在冰冷的键盘上，我却不敢承认自己真的哭了！只有无尽的思念与疼痛，包围整间屋子，肆无忌惮地滋长。

腊八记忆

下午母亲打来电话，告诉我后天是我的生日（腊八），问我是否回家。我没有给她确切的回答，一句有可能回不去，断了母亲的念头。母亲在电话里一再叮嘱，你在外面一定要照顾好自己，生日那天记得喝腊八粥，那天不仅是你的生日，也是佛祖释迦牟尼佛的得道之日，你有好多年没有回家喝我做的腊八粥了……母亲还在电话那头千叮万嘱。想起每次逢年过节前，母亲拨通我的电话就舍不得放下，而我却总是给她一个飘摇不定的回答，让她所有的期待一次次落空。为什么每次递送关怀的那个人总不是我？为何母亲那么简单的一个盼头我都要亲手毁灭？每次总是以忙为由，每次都说我尽量赶回家去。想起这些心中甚感难过与愧疚！儿行千里母担忧，无论我走多远，母亲的问候一路相随。

“腊七腊八，出门冻煞。”也许是因为南国的冬天太过温和，导致现实颠覆了传说。腊八给我最初的印象，是上小学时语文教材里的一篇关于腊八的文章。记得那个时候是很冷的，棉袄、围巾、手套，一件不少，结果小脸还是冻红了，小手还生过冻疮。如今我和棉袄，围巾、手套都沾不上边了，只是记忆中那冻红冻僵的脸和手，不知从什么时候被涂改成了苍白色。为纪念那绝版的红，我在脸上涂抹了厚厚的胭脂，远看近乎苹果，但流失的童真却再也无法去修补。伸出一双不算秀气的手，尽管有钻戒与名表将它打造得极其华贵，但不及生冻疮的小手耐看。记忆中的那双小手是与严寒做过斗争的，尽管当时天寒地冻，那双小手不仅会提笔写字，还会拿着竹篙敲打挂在屋檐上的冰，然后将冰片含在嘴里，手里抓一把雪，见人就朝他身上扔，那份傻劲现在回想起来都过瘾。如今我这双丑陋的手，每天要擦 N 次护手霜，家里的那些笔早已成了摆设，心情无论好与不好，统统交给电脑。我现在开始怀疑自己还会不会写字？写出来的东西算不算字？

谈起小时候，总觉得时间过于早熟。很怀念那些飘着雪花的冬天，思念母亲为我做的腊八粥，红枣、花生、杏仁……八种美味配制而成，加上母亲的火候，再加点童年的味道，品出的不只是美味，更多的是对故乡对亲人的思念。

漫过陌生的今夜，再忽悠一个熟悉的明夜，后天就是腊八节，我的生日，母亲的苦日。无论你身在何地，是否有家人陪着，都别忘了喝腊八粥，这绝不是为我庆生，也不是劝大家学佛，只想在这个不算特别的日子里，让我们一起回味一些很特别很值得纪念的人和事。腊八快乐！最后我想对我的母亲说：亲爱的妈妈，感谢你在这个特殊的日子里生了一个平凡的我，佛祖在这一天得道，我在这一天学会了感恩！妈，我爱你，不仅是因为你是我的母亲，更多的是我对您的感激与尊重！

雨姑娘

六月的天气，不及春天温婉瑰丽。也不知是谁惹怒了雷公，噼里啪啦一阵接一阵，像炮鸣，又像是地震……令人胆战心惊！雨姑娘在我的印象中，是多愁善感，楚楚动人。可是，近日是谁伤了她的心？她哭得心碎，哭得不分昼夜。哦！今天是父亲节！是想念亲人吗？她的父亲早已离开了，去了一个叫“旱灾”的贫苦山区。他说：“那里的人们需要他们，那里的万物也离不开他们。”为造福百姓，拯救苍生，他选择了牺牲。

雨姑娘，请不要哭泣！你的父亲是英雄，受人爱戴崇敬！你有这样的父亲你应该骄傲！雨很纯美，可你为何要将家园摧毁？你看你的眼泪，吞没了多少村庄，多少家园！如果你的父亲知道你如此极端顽劣，他肯定会很失望！很伤心！你的心情我能体会，失去父爱，生活再怎么美好也是残缺！

你说当你看到别的小孩扯着父亲的手在撒娇，而你只能远远地望着，不敢靠近，怕触动心里的痛。也许是嫉妒，也许是真的情不自禁。你选择用眼泪抒发自己的伤悲，而酿造了与你无关的另一幕幕伤悲。你说你是无心的！或许吧！但对于人类和万物来说，你是自私叛逆的！因为你的眼泪可以成为甘霖，造福百姓。而倒行逆施则是魔鬼，你的眼泪宛若大海，如果决堤，世间万物都将成为你眼中的一颗流沙，今日海角，明日天涯。

“我不要做魔鬼！我要像我爸爸那样，去那些需要我的地方，把眼泪化为甘霖。要哭，就该哭得惊天动地！也不枉我来世间走一趟。”雨姑娘擦干眼泪，转身就去寻找他父亲的脚步去了！

太阳公公露出了笑脸！群鸟排队载歌载舞欢送雨姑娘！花儿不再含羞，抬头目送雨姑娘。被雨水灌醉的大地，从一场梦里刚苏醒过来，转身又进入了另一场梦……

寄月

又到秋风扫落叶的时节，那些被烈日暴晒的记忆，此时如同风中残叶，纷纷扬扬各东西！一个人独自在异乡街头漫步，熙熙攘攘的过客，瞬间将这个城市点缀得更加孤独。离开故乡已不是一天两天的事儿，为何人越长大越感觉到孤独？尤其是在这个月圆人两地的中秋时节，故乡的一景一物，亲人的每一次微笑与哀愁，如今如同绝唱，未开口泪先流。

多年的漂泊，那张纯真的笑脸，像是一夜间憔悴。那比葡萄还要水灵的双眼，是谁把忧郁刻在上面？曾经我们隔山隔水，思念潮湿了整个秋天。那年的中秋夜，我们没有相依相偎。当时的我，单纯得像个孩子。你简单的一句，留给我的却是最深切的期盼。多少暮暮朝朝的轮回，寒枝终于将春天盼回。

五月的庄严，誓言的兑现。那段刻骨铭心的厮守，如花朵激情四射，绽放出一个万紫千红的春天。那年的中秋，我们果真在同一个屋檐下相依相偎。那夜的月色很美！美得令人心醉！那夜的月儿很圆！心贴心的感觉更是耐人寻味。今年的中秋已不再遥远，明知道有你相伴，可心中还是有许多放不下的挂牵。我知道那是另一种思念——思念里有故乡的山山水水，有父亲的白发，有母亲憔悴的容颜，还有弟弟妹妹的惦念……很久没回故乡了，不知年迈的奶奶，是否还像往年一样？倚在故乡的路口，满眼的期盼……想到这一切，我不敢再沿着同一个方向独自向前，因为这条路在我心中太重太沉，而在我脚底下却是那么遥远……

用笔尖勾画一轮圆月，再将故乡的每一道河流与山川刻在月亮上面，河岸的两旁有碧柳有云烟。看那边，炊烟袅袅，想必是母亲正在准备一桌丰盛晚餐，期待团圆。朦胧间我仿佛隐约看见，有位老婆婆守在门前，嘴里不停地重复着“我的乖乖怎还不回……”太多的眷恋，太多的挂牵，任手中的笔尖如何勾画，也勾画不出花好月圆。思乡的人啊！眼泪烫伤了秋月。问月几时圆？问伊何时归？一页页的伤感都是为了谁？如今我有了属于自己的小家园，可对故乡的眷恋，对亲人的思念，有增无减。特别是在中秋即临的日子，思念如黄叶漫天飞，此时，回忆竟成了我唯一的依偎。

今夜还有一点想念

今夜街灯依旧没有睡意，它们守着自己的阵地，或高或低，或远或近，或辉煌或迷离，或沉默或俏皮……我慵懒地倒在沙发上面无表情地与它们对望，尽管隔着玻璃窗，我依旧能清晰地感受它们眼睛里滚动的七彩霞光，它们是夜晚的精灵、是流落街头的孩子、是我夜夜不能释怀的乡愁、是母亲在黑夜里为我点燃的蜡烛。

此时已近十二点，夜在我这里还是年轻懵懂的，我睡不着，我今夜特别想念一个人，但我却不忍在此刻惊扰她的好梦。平日里很少与她交流，今天因母亲节的缘故上午给她打了电话，简短的一句“妈，节日快乐”，然后就不知道说什么。难道这就是我常提到的最亲的人吗？为何心里有她却没话对她说？我承认自己性格偏冷，一天难得说上几句话，若是宅在家里我就是个有语言天赋的哑巴。只是我不明白为什么面对我亲爱的妈妈，我也可以像哑巴一样沉默，明明心中藏着许多话。

今天在家闷了一天，上午像是有写作的冲动，拟了好几个关于母亲的文章标题，简单写了几行文字，我雅称其为诗，只是这些肤浅的文字越品越无味，先是修改，后来连修改的勇气都没有，于是长按删除键，连文章标题也不让它苟且偷生。删完了那些不堪入目的文字，心中也如同白纸一样空白。

我在反思，是什么让我的精神世界变得一贫如洗？那么骄傲的一个人，原来却是那么的可怜！

下午歪在沙发上手里捧着书，心里却想着不着边的某月某年。就这样傻傻地躺着，让心情肆无忌惮地继续跑题，我想等她跑累了就会明白，每走错一步想回头该是多么的不易！终于在夜色阑珊时，她遇见了失孤的灯火想起了家，想起了那个遥远而近在咫尺的家，家中有个爱我，我也爱她的妈妈，我想在这夜深人静的时候，用文字表达我心中未曾说出的话：妈妈，我爱你！此刻夜已深，我想抓一把关于你的记忆入梦，梦中有纸飞机、风铃、阳光、笑容……

第㊂章

一念执着，一世过错

一念执着，一世过错

从未怀疑蝶对花的执着，却不曾想蝶恋花，恋的只是花正香。然而花开是有季节的，季节一过就要枯败。没有哪一只蝶会从一而终，与它曾经最痴迷的花朵殉情于季节的轮回中。

从一朵花的生命里，去领悟女人的一生。自古就有把女人喻作花的说辞，女人如花，多指女人的容颜如花朵般娇羞美丽。细想，其实女人的年华也如同花朵一般只有刹那繁华，错过季节，芬芳散尽，纵使心怀春天，但回眸却发现那已经是别人的春天了，不再属于自己。唯持一念执着，相信春去春还会回，心中有春天，花就不会凋谢。

漫过花香的季节，徘徊在初秋的夕照里，一枚黄叶悠然地在我眼前飘落，好似一把利剑划过心海，令我痛心彻骨却无法言语。我沉重地拾起那枚憔悴不堪的落叶，深深地凝视着它，不由勾起我那些不堪回首的执念与爱情。

因为一个眼神，一念执着；因为一次心动，一诺相许；因为一次相拥，而误了今生。偏偏就是个痴情种，很多故事明明一开始就错误，但我还是义无反顾含着泪说幸福。总天真地以为，努力过，付出了真心就能收获一份真感情。然而“天道酬勤”这个词用在爱情里，一点都不相符。

当时间过去，就使我们忘记了我们曾经义无反顾地爱过一个人。曾经爱得那么真那么深，却不知爱情这么快就转了身，一回眸已是沧海桑田，物是人非。为什么会这样？原来我们的爱情败给了岁月。最美的爱情都被写进了剧本，所以到最后你我都成了局外人。

因为一念执着，所以我做了那只扑火的飞蛾。尽管遍体鳞伤，也不敢对自己当初的选择道声难过。爱得那么忐忑，伤得那么透彻。你永远不知道那个爱你的人，为你胡思乱想的时候有多难受。就这么想着想着，才发现有时候执着也是一种错。人之所以痛苦就是追求着错误的东西，有时放弃比执着更值得纪念。

暮色迟疑，流浪的脚步还在错综复杂。秋天的眸子空旷灵动，只是无法望断秋水，徒留一片痴意在秋风中律动。一念执着，一世过错……

一切败给光阴

午夜听着伤感的歌曲，我却不再如从前那般伤心，因为所有的故事无论有多么的唯美或心痛，最后都会败给光阴。曾把自己归类于痴情，以为丢失了爱情就不能活命，其实一切并没有自己想象的那么刻骨铭心，很多的不舍与不忍，在某个瞬间就销声匿迹。

曾那么固执地认为离开那个城市只是一个短暂的逃避，刚离开的那些日子，总试想着自己某天终会回去，因为我知道我的心还在那里纠结。这些日子我过着正常人的生活，每天早睡早起，结束了夜猫子的生活。虽然我还会常为一些生活小习惯而犯愁，比如自己的三千烦恼丝找不到一个合格的发型师打理，或是我夜晚突然饿了，不会有 24 小时便利店为我送食品，这些小小的困惑但终究是没能将我收服，因为我的心已在慢慢融入这个城市。

细数过往，我的从前是孤独的，身在红尘中，生活却恍若隔世。来到新的城市，认识了新的朋友，开始了新的人生。曾经那么多放不下的是是非非，怎经得起时光的打磨？我有时在问自己，我还是从前那个任性执着的我吗？短短光阴让我的思想发生了大改变。有一个词叫“见异思迁”用它来形容自己不知是否得体？

经历一段别离，很多回忆不经意间顺其自然地归还给了过去。时间真的会将一切不能释怀的人或事渐渐淡退，一个城市离开久了，就很难找到回去的路，一段感情要是分开了，就再也回不去。我不知道自己现在是否开心？但至少我不会像从前那般伤心。尽管我还是很喜欢听有故事的歌曲，但很多故事却早已在无言中结束。

那座城 那个人 那些事

一个地方住久了，在心中就会得到家一般的对待，两个人相处久了，不是相爱就是伤害。这一次的离开，并非偶然，也并非轻率。

在她决定离开的那些天，老天的脾气极坏，风雨不息，雷电不败，心中的雨更是汹涌澎湃。她走了，一句话也没留下，那天的雨哭得很悲惨。告别了那个流光溢彩的城市，去新的天空呼吸新鲜空气。她原以为自己可以走得潇洒自如，可以忘记理想曾经在那里生过根，可以忘记青春在那里是如何枯尽，甚至还错误地相信，结束的前方是新的开始。

当脚步在新的城市奔走，心却还在原来的地方挣扎，一种强烈的流浪感独上心头。毕竟在那个城市生活了七个年头，虽然青春与理想都没有找到好的归宿，但她早已习惯那边的气候与生活。她喜欢推窗对着天空傻傻发呆，她喜欢领着“蔚蓝”在花园里漫步，她喜欢光着脚踩着软绵绵的海滩，偶尔也喜欢淋淋小雨、看看电影或泡泡吧。多么虚美的过往啊！该怎样让它们在自己的世界里复活？

不敢想当初是何等的勇气选择离开，该找个离开的证据来抚慰此刻失衡的心。是因为美好的理想与现实发生矛盾？是因为太多的似水柔情被葬入冷泥？还是上帝可怜我的执着教我学会放弃？这些不成理由的理由或许全都不是。一颗心太较劲难免会累，一段情太纠心难免会痛。现实是肮脏的、理想是疯狂的、爱情是忧伤的、离开是无望的，而你却永远是我远离不开的矛盾。

那座城，那个人，那些事，非但没有被黑暗吞噬，午夜却更显清新。

与冬一起消瘦殆尽

天空黯淡得如同盲人的眼睛，寻找不到一丝清丽，就连心中仅存的一丝温暖，也被连绵的大雨淋湿。风，没有让我感觉到寒冷，雨，打不湿流泪的眼睛，因为心里的冬天早已冰天雪地，覆盖了眼前娇弱的冬季。

或许我不是个善感的人？只是常被伤感的现实复制！每一个故事在未开始以前都渲染着神话般的色彩，每一次相逢在未结束之前都时刻洋溢着春的气息。遇见，在未经历那么多矛盾与挫折之前，我曾一度相信那是美好的缘，到现在我也不敢否认遇见与缘无关，只是“缘”这个深不可测的字眼，也许一辈子，也许一瞬间，在昨天以前它也许是风和日丽，在明天之后它也许就会风雨绵绵……

写了那么多旁人看不清自己读不明的诗篇。稀里糊涂地终日为那些琐碎而凌乱的情感苟延残喘。想想心中弱水三千，竟无法安渡一只叫缘分的船，是这弱水太过矫情？还是这船偏离了方向？为何我那么小心翼翼地一路护航，结果在拐弯抹角处还是翻了船。我以为掉进水里的不只我一人，我以为你会脱下你的外衣为我取暖，痴痴傻傻的我竟不知，这船一直都是我一人在渡，而且是用自己的眼泪在渡，我在自己凄凉的眼泪中翻了船，绝了自己对缘的空念。

都说恋上一座城，是因为城里住着自己喜欢的人。这座曾给我无限憧憬的城市，如今没有我可依恋的风景，该是离开的时候，只是选择在寒冷的冬季离开，我的心像是长满了刺，不仅是心寒意冷、更多的是痛不欲生。那些给我希望又让我绝望，给我美好又让我心酸的人，我没勇气对你说恨，爱若消失了，恨也就无踪。

所有的开始必定都会有一个结局与它对望，或完美或残缺，或平庸或传奇……回首也不过短短数十年的光阴，再残酷再美好的回忆，在合上双眼的那一刻也将魂飞魄散，如烟如尘。今生与你的相逢若真是个错，如果有来生，我只有一个心愿，那就是把你变成今生的我，再复制一段今生的故事，让你在泪水中悔恨几辈子。

回忆是一道远景，今天的故事在离开之后就沦为曾经。我想从记忆中偷一许明媚与淡然来播种，明媚播种在前方，淡然播种在身后。如果在末路上还能努力挤出一丝微笑，我不会送给你，也绝不是为自己，我想送给败给时光的爱情。爱情教我珍惜，时光催我放弃……

最美的相送

冬至刚转身，平安夜、圣诞节、元旦，一连串的大小节日紧锣密鼓地接踵而来。心中似乎没有一点点迎接新年的准备与底气，一年就这样在万紫千红中明艳苏醒，然后又在银装素裹里寂寞死去。

2013年逝得道貌岸然，2014年来得气势磅礴。我的13（一生）他来过，只为配合我完成一首首苦情的诗歌，如今他还完整无缺地活着，诗歌却死不瞑目。一生与一世这对孪生姊妹，不细看是分不清她们的样子的！若用心揣摩，你就会发现一世比一生更显素雅绵长。我的13（一生）曼妙而无稽地溜走，不知我的14（一世），谁来为我普度那死不瞑目的诗歌或谱写千古不绝的赞歌？

剪裁一年的风景，从春风到夏雨，从秋月到雾起，那么多美到心碎的画面，怎就那么经不起修剪？是因为一开始就不应该把目标定位得太过苛刻，所以我们的行程才会如此艰辛？或许你今生注定只能成为我生命中一道急驰而过的风景？也或许我的出现只为你临摹沧桑的一笔。没有太多感知的言语馈赠给花给月给你……一切像冥冥之中早已注定，迎春而来，踏雪归去，无怨、无恨，就连叹息也不敢声张。

落笔之前，我也提醒过自己，不再儿女情长，怎么写着写着又被卷入风花雪月中难以清醒。感情这个千古不衰的话题，润了谁的颜？瘦了谁的心？生命中时时刻刻有恋情上演，分分秒秒有离别发生。如果能从热恋中学会从容？能从别离中学会豁达，再持有一份淡然，相信所有的相逢，无论是美好还是心碎，最后都在记忆中定格为一道不绝的风景。

关于感情的话题就此搁笔。过去是一去不返的远景，在新年即至的日子里，我衷心地祝愿所有善良的人都能收获一份纯美，所有纯美的爱情都闪烁着晶莹，所有晶莹的汗水都能迈向成功，若成功，别忘了一直默默无闻守在你身边的那个人！

冷言冷语冷相望

我常常在这样的夜晚想起，想起那个遥远而清新的故事。我是一个很不会讲故事的人，却时常陷入悲情的故事中，主演那个最伤心的人。如果所有的相逢只为了导演一场戏，或许我只懂流泪，不懂心痛。

以为遇见了就是缘，相知了就是分，却不知缘分这两字在一个人的生命里要馈赠多少人？在乎的人总是紧握着那份薄如冰的缘不离不弃，却不知自己握住的只是一块冰，你越是给它温暖，它化得越快，溜得越远。无所谓的人遇见谁都有缘，这样的缘可以是一瞬间的事，也或许是一个夜晚的共处，更长远一点，三五天，一个月等，像这般滥情之人，一生都不配得到真缘分。

说这些不痛不痒的话也不知给谁听？心中怎会突然有些气愤？

是因为自己把爱情构思得太过完美？还是这个年代根本就没有真正的爱情？为何我总要将自己陷入万劫不复之地？总喜欢借二郎神的第三只眼睛来审视人间的鸡毛蒜皮。我应该要明白我只是一个文弱的凡人，来一趟人间不知道是劫难还是幸运？“既来之则安之”这应该是生存的基本守则，既然把一切看得如此透彻，为何面对某些事情又乱了分寸？这一生我最害怕最输不起的是感情，感情对于我来说如同前世欠下的巨债，这一世如何努力也还不清。

天生就是个善感的人，时常被忧伤囚禁。别人说我有着阳光般的脸蛋，应该也有着阳光一般的心情，我淡然一笑，是啊！我的人生应该是灿烂的！尽管心里常淋着雨，只要把阳光引入笑容里，我是可以欺骗整个世界，站在离太阳最近的地方向全世界宣布“我是幸福的”。说完这一句，我想我该躲在无人的角落痛哭一场，或带着美好的誓言纵身悬崖，让灵魂在离开的时候也打着幸福的幌子。

我不知道我将自己永久地囚禁，终日守着不通人性的文字痴痴傻傻，我到底在追求什么？什么才是我想要的生活？

前些天和一些朋友去了趟欢乐谷，看到他们成双成对，有说有笑，我应该为他们高兴，可为何我心中却莫名地难过？我承认自己是个很能忍受寂寞的人，可夹在他们中间，我深深体会到了那种比死还可怕的孤独感。在那一刻我才清楚自己需要的是什么，什么才是自己想要的生活。一个女人无论多么的争强好胜，如果没人疼爱，就好比一朵开在悬崖缝里的花朵，虽然顽烈铿锵，但一生风雨为伴，再美丽也只能孤芳自赏。我相信天下所有的女人，一辈子至少需要一个欣赏呵护她的护花使者，心如果没有归属，终须流浪。

欢乐谷最开心的一刻，是化妆师将我化成一个与世无争的女鬼。我流着鲜红的眼泪，在漆黑的人间寻找，寻找那一朵用鲜血染红的玫瑰，那是我留在人间的最后一滴泪，或许它已枯萎，我只是想在鬼的王国里再一次将人间苦楚细细回味，那样我才会无怨无悔做一个快乐的女鬼。远离纷争，远离红尘，永别那个名叫“若离”的人生……

别让过往的遗憾，将今天的幸福冲淡

前些天她陪男友去了趟后街，车子路过一繁华景区，她随口道了声“这一带风景好像不错”。她无心的一句，却碰触了男友心酸的过去。男友将车掉头，直入该景区，原来这里是花园式的住宅区。值班保安问他去哪儿，他不假思索地说了一串熟悉的住宅门号，看来他对这里的环境并不陌生。

男友开车带她在该小区兜了半圈，听他介绍，他以前很要好的一位生意合作人朱小姐在该小区购了几套别墅，他说朱小姐是他认识的最有实力的一位女强人，曾经与这位朱小姐合作多年，他还说这位女强人是他的导师。车子在该小区兜了半圈，很快就在另一个出口离开了。临走时，男友的眼神中徒有几丝依恋与茫然，车子上了国道，他又忍不住回头朝那小区瞄了几眼，那眼神里藏匿着多少不为人知的曾经啊。

明着说是带女友看风景，其实他只不过是找个美丽的借口，去重温他错过的曾经。从车子进门直到离开，那位神秘的朱小姐一直是他口中不绝的主题。而坐在副驾驶室的她，此刻深感自己如同气流，流到了不该来的地方。该小区虽景色旖旎，但她却丢失了赏景的心情。也许在他的世界里，此刻是最美好的，因为他的心还留在曾经，他口中虽称那位朱小姐只是他曾经的一位生意合作人，其实他的眼神早已出卖了他，不管他和那位朱小姐曾经是怎样的合作关系，那都已经成为过去，如果不能释怀，那又何必开始另一段感情，将过去的阴影狠心推向无辜的现女友，这是何等的自私残忍。

从小区出来后，她的心乱得一团糟。他曾经和她提起过他身边认识的某些女人，这一会儿那一堆乱七八糟的女人，如同一根根尖硬的刺，在她心上来回地穿孔，心已是千疮百孔，再这么折腾下去还能活吗？她开始怀疑这段感情值不值？她不想在若干年后也变成了他口中喋喋不休的曾经，更不想无辜地与那些没头没面的女人混在一起，成为别人的笑柄。她告诉自己，无论别人的爱情故事有多么复杂，她在爱情里求索的只有纯真。如果他注定是个喜欢拥着过去，抱着现在，惦着怀外的登徒浪子，她绝不挽留，不适合自己的始终是要放手。疼痛可以隐忍，爱情不能委屈。

谁人没有曾经？谁人不曾心痛？人生就是有许多的疼痛与遗憾填充，才真实完整。如果让太多的曾经占据现在，那你就不该放弃曾经，更不配拥有现在。如果总抓着一段莫名的曾经来殃及无辜，没有人愿意做感情的傀儡委曲求全一生。别以为失去的总是美好的，拥有的总是无关紧要的，等到再一次失去，你就会明白现在拥有的才是最美好最珍贵的！放逐已经不能回头的曾经，好好珍惜眼前幸福，再强大的心，也承受不起太多的叛逆与锥心刺骨的疼痛。

别让太多的错过重蹈覆辙，别让现有的幸福埋葬于太多的曾经，过去是过期的日历，无法演算未来的运程，今天才是一个美好的开始。

爱情来过，又走了

请不要用时间来计算感情的深浅，也不要许诺说要爱我一万年。时间长短与感情深浅无关，若彼此心中没有对方，只为了曾经许下的某一句爱到海枯石烂而捆绑一辈子，这该是件多么愚蠢的事。他说会爱她一万年，这是多么的荒唐！一万年太长，谁能预知一万年后人类会是什么模样？不过我可以肯定地告诉他们，一万年后他非他，她非她，他和她没有任何一点关系。所以请他缩短想象空间，别用一串搞笑的未知数来贬低爱情。其实真正的感情是不需要花前月下的誓言，当所谓的誓言一次次被现实淹没，你就会发现所有美好的誓言，原来全都变成了谎言。誓言许得越多，你的生活就会变得愈加虚伪。

如今的他们都步入不惑之年，甜言蜜语从他们的口中说出稍显幼稚。所以至今她也不会轻易去表达自己对他的爱恋，更不会去复制 90 后的思维，终日对着恋人卖萌发嗲。她所理解的爱情，并非是他送她一个万紫千红的春天，也并非要他去复制夏的狂热，她向往的爱情如秋日红叶如霜，冬季皑皑白雪。也许至今，他都无法去理解。也许，他还在用一个常人的思维，将爱赤裸裸地嫁接在通俗易懂的“我爱你”“我想你”这些奢华而质朴的文字间。

世间万物唯有人的思维是无法复制的，每个人与生俱来都会携带一些独有的天赋与风格。所以她从来不会将自己的思维强加于人，当然她也接受不了别人的强压。人要活出自己的风格，不要总做某人的影子，不管别人的影子有多么的高大伟岸，它都不属于自己。

爱情在青涩的年代是朦胧含蓄的，到了成熟的年龄，爱情不再含糊不清，彼此渴求的爱情应该是真实透明的。他常说他不是开玩笑的，他是认真的，多么实在的大白话，看似成熟实为幼稚。因为他们不再是囫囵爱河里的痴男怨女，这对男女选择开始，也曾构想过结果，但最多只不过是在哭哭闹闹中享受过程，最终用眼泪收局。可他们不同，他们既然选择了开始，求的只是一个完美的结果。所以他说他不是开玩笑的，她感到惊讶！试问一下她又何尝抱着玩世不恭的态度，将爱情看成是笑话？

一个男人为了见一个女人，半夜从很远的地方不辞艰辛地来见她，我相信那个男人是爱着那个女人的。一个男人常以工作繁忙为理由，常留宿在外，将那个他曾经冒着黑夜都要见的女人，冷落在被遗忘的角落，你还敢相信他还爱着她吗？即便他心中偶尔也会想起她，但当她在他的心中莫名其妙地沦落为附属品，你说她还会相信这是爱情吗？她还会在回忆里天真地守望着那句爱你一万年吗？

人与人之间需要相互尊重信任，才能发展到推心置腹；感情绝不是一个人的事，只有两情相悦才能到达彼岸；所以说感情更需要相互珍惜，方能修成正果。曾经想念他成了一种习惯，当千万次地被他冷落。慢慢地，淡忘也成了一种习惯。曾经他晚上不归，她会撕心裂肺，如今他晚上不归，她心如止水。一场美好的邂逅，就这样无声淡然，留下了什么？又带走了什么？爱情在最美的季节来过，爱情又在最阴郁的角落走了……

倾不尽的离殇

她知道自己又在犯错，不应该让心情败给了世俗。他走的时候，她很想挽留，可是她没有向他表明自己的心事，却用一脸的落寞默送他走。他走了，带着伤害离开，留下一片泪海。

她问自己为何会变得这般喜怒无常？尤其是在这落叶纷飞的季节，心情总会莫名地伤感。是因为患了一种叫忧郁的病吗？若真是病，为何访遍天下名医也找不到悬壶济世的良方？莫非是病入膏肓已无药可救？还是自己放逐了明媚，让阴郁有机可乘？时光不可雕琢，忧伤还在重蹈覆辙。快乐只是一个转身的逗留，抓不住却又不忍放弃。现在想象记忆中的碧海蓝天，曾是那么的流光溢彩富于想象，只是当她再次抬头仰望，黑夜中一颗孤星与她默然对望。

最后一次的深情凝望，在秋夜悲情地黯淡。她是懂他的，她愿意做他黑夜中那支流泪的红烛，只是待到蜡炬成灰时，她再也找不回自己，找不回那颗易碎的琉璃心。爱情恍如一场美好的想象，若抛弃世俗的纠缠，人是否可以永远置身世外，将想象大张旗鼓地铺张？可现实终究不容人肆意妄想，昨日的暖意，今夕却只能在泪水中哽咽，一曲离殇在秋夜凄凉地延伸。

曾也构想过琴瑟和鸣的佳境，试想与他择一处世外桃源过着与世无争的日子，可那毕竟只是她为自己编织的一段梦境。梦中纵有碧波荡漾白鹭成双，然而一梦惊醒面目全非。活在当下总有几许无法割舍的牵挂，或血浓于水的亲情，或至善至纯的友情，或不离不弃的爱情，总有一种会在心中生根，成了一种无形的牵绊，让人无法迈出万丈红尘。

人生总是在不断的离离合合中轮回交替，没有经历离别的人生是一种缺憾，而一别终成千古恨的人生则是一种遗憾。命运的安排，扯出这么一段似有若无的恋情，炙伤了离人的心。总喜欢在午夜静静地听古典忧伤的曲子，或撮半点文字让孤寂的灵魂得以安身。夜太过安静，静得她只能与往事对话。笛箫声声，虽不及真人演奏的那般栩栩如生，却赢得了她的眼泪，静谧的黑夜，唯她的小阁在开一场古典音乐会，而她就是唯一的听众。

夜已经很深了！心还在黑暗中求索光明。离开，难道真的是因为不合适？还是为了更好的开始？她在为离别寻找出口，若真有一道出口能够释放囚禁的灵魂，希望等待她的将会是海阔天空。

花事零落成殇

请原谅我不再坚持，转身与天涯近在咫尺。落霞再美，也无法粉黛迟暮的心，污泥再深，也污染不了莲花圣洁的灵魂。为自己择一处隔世的风景，将这颗古老且晶莹的心厚葬，因为这颗琉璃心，不再属于我，也不再属于你，她来自丛林，最终又要回归丛林，在千年的菩提树下，结一段素洁的佛缘。

漫过盛夏的馥郁，秋在善感的雨帘中拉开序幕。走进雨的王国，复制一段如雨花般迷离的记忆，将它们从最深邃的眸子里引出。我小心翼翼将双手并拢，生怕这娇弱如花的往事，一碰触秋雨就会迷失自己。雨是多愁善感的，它是善感多愁的，这对双胞胎姐妹若同时现身，就很难找到真身。我有些担心，怕雨水会将它吞噬，惊艳的是，它竟以一身赤红，大胆地为秋雨改变了妆容。红色的雨堪称绝世奇景，美吗？痛吗？容不得亵渎！要知道那可是一颗滴血的心啊！可你终究还是没有读懂，你只是一个风月闲人，无心地做了一次看客。

若人生在你眼里如同看风景，希望我只是一缕你看不到的空气。尽管无数次与你擦肩而过，但仅仅只是路过，谁也不曾回眸，更不曾深情凝望。若不小心被你深吸，瞬间转化着一缕污气排出，不知下次见面你是否还能将我记起。或许下次不小心遇见，你避而远之绕道而行，或许是向我做了一个不冷不热的表情。不管你做出任何表情，我都会一笑而过，因为空气本来就该具备乐善于人，牺牲自我的乐观精神。只是遇到了不知感恩戴德的人，牺牲就失去了意义。

当所有的风景，被缭乱的色彩不断恶意涂鸦，为坚守心中仅有的一点纯色，我想关闭曾经共有的风景。或许你还可以继续前行，去寻找浓妆淡抹总相宜的美景，相信总有一处能与你默然相许，对望今生。这或许是你的期盼，也算是我对你的祝福吧！只求你今生别再回头，错过的风景不再属于你！不是我不够矜持，把纯情的荷花插在招蜂引蝶的桃花林中，虽然同为花类，但终究是两不相宜。

走过弯弯曲曲，心情如同海浪起伏跌宕。一直在孤独中坚持奋进、一直在心酸里描绘美好、一直在宽容里期待结出一份善缘、一直在柔情似水的月光下守望一份幸福……然而我所有的付出与企盼，在这个物欲横流世态炎凉的社会，在这灯红酒绿纸醉金迷的年代，在那双不解风情冷若冰霜的眸子里，在那颗薄情寡义不明是非的心里……我一切的艰辛与赤诚都是徒劳。

等到风景都看透

在等一个人，明知他不会回，她还在等。等待中的夜晚挟持着透心的寒，傻傻痴守着那片不归的风景，心在这一刻失去了航标。眼角的泪痕，突然感到无辜。尽管心在一点点断碎，她却不敢承认自己真的伤了痛了。借一丝牵强的笑，来粉饰太平。不知黑夜的尽头，等待她的将会是何等的风景?

与黑夜对坐，这已经成了惯性。无眠的夜，总有一些无眠的灵魂，如风中幽灵，在黑夜中摇摆不定。时间不等人，人有时候却傻傻地等时间。傻眼看时钟从零点一分转到十二点，然后又从十二点出发，转到二十三点五十九分。时钟无论跑多久都不会越轨，脚步若放逐久了，有时候就很难找到回家的门。

这是第几次为了他的一句“我会回”，而守到风景都沉沦，她自己也记不清了。重重叠叠的空痴，留下密密麻麻的伤痛。每次为他守到眼泪枯尽，她总在劝自己是该放弃了，为一个不懂珍惜的人倾尽一世痴心，不值，真的不值！她不由感叹命运的安排真是滑稽！每次温柔的对待，如离弦的曲调，在黑夜里嘶哑地长鸣，忧郁了夜的眼睛。不敢去想不归的脚步不归的心，在黑夜中将会为谁停留？又会为谁扯出一段欲语还休的风景？

心是用来疼爱的，而不是为了迎接无尽的伤害而存在。爱情若是一面虚伪的镜，与它对望的也必将是一颗虚伪的灵魂，再美再熟悉的面孔，若在虚伪的投射下，也会愈渐变得丑陋陌生。

是该放下了，尽管怀里还徒留着昨日的余温。为了一段似有若无的感情，为了一个口是心非的人，而耗尽所有的青春，只恐是竹篮打水一场空，伤了心肺，痛了青春。

天空泛起鱼肚皮，黑暗即将殆尽。一夜的空等，憔悴了记忆中的风景。还有什么可逗留？还有什么可痴守？等到风景都看透，一切成恨成空……

用遗忘将冷漠成全彻底

冷漠是一种无声且最锋芒的致命凶器；冷漠也是一种慢性毒药，能让人愁肠寸断郁郁而终；冷漠是摧毁一切迈向成功与自信的催化剂；冷漠是一种对人生不负责任的态度；冷漠是一种自卑自灭的选择。

一个人若是对自己冷漠，那必定是个极度不自信的人。一个人若是对他人冷漠，那期待他的也必定是千万个冷漠，一个人若是对人生冷漠，那他获得的也必定是个冷漠人生。

在感情里最可怕的就是冷漠，冷漠一经上演，这份感情也差不多要夭折了。在感情里最害怕的就是一个有心一个无意，一个冷漠一个热情。若有一方将冷漠坚持到底，没有谁会为了这份冷漠来委曲求全一辈子。冷漠如同寒潮，一经扩散蔓延，再狂热的心也要冻僵硬。尤其是对敏感指数偏高的女性，一旦遭到对方的冷漠，她就极度容易受伤害，甚至怀疑对方的心中是否还有她的存在。即便你心中还爱着她，即使你再忙也不能冷落你身边的女人。女人的心很脆弱，一旦遭到对方的冷漠，她会为了捍卫自尊，还你十倍的冷漠，即使她对这份感情还有所眷顾，但冷漠绝不是她在感情里面所要求索的。懂得珍惜的男人不会让他的女人活在冷漠中，不懂得呵护女人心的男人，也不值得女人们去垂顾。女人若遭到冷漠来袭，别人做冰，你绝不能做火，因为再旺盛的火也托不起整个冬天的寒冷。所以面临冷漠最明智之选，就是用遗忘来成全对方的冷漠，让他一个人继续冷漠下去，冷漠到最后，他才会发现自己活在冷漠世界里。

世界上最可笑的事情是，我知道了真相，你却还在说谎，还说得那么真，那么深。一个人如果总是找一大堆冠冕堂皇的歪理由，来理直气壮地诠释冷漠的源头，为自己求证一份理解与宽容。我个人认为这所有的理由都不是理由，因为冷漠是容不得解释的，它是由心态决定的，它是一种很自然的心情释放。若心中真在乎一个人，无论多累多忙，他都会与你分享他的一切喜乐哀愁。聪明的人会选择以毒攻毒的方法，将冷漠上演到底，愚昧的人会用整个生命去换取一个冷漠的人生。不过前者比起后者略显残忍，往往后者会比较受欢迎。但我想问的是，用自己一生的热衷去感动一个冷漠的灵魂值不值？幸不幸福？人生是一道选择题，选一个对的人一起生活，你就是幸福的天使，选一个错的人委曲求全一生，你除了在无尽的痛苦中煎熬，在泪水中苍老，人生别无美景蓝图可描绘可眷顾。

你若给我一份热度，我还你十倍热情；你若给我一份冷漠，我会用一辈子的冷漠来回馈于你，用遗忘将冷漠成全彻底。一个人，

如果没有经受过投入和用力的痛楚，那么又怎么会明白决绝之后的海阔天空？

如果花朵可以重开

我把与你相遇的那个春天，搬迁到我的梦里面，以为这样就不会枯萎。没有阳光，没有雨露的世界，我每天用眼泪为它浇灌，用温柔将它包围。因为孤独，因为缺氧，因为被你不屑一顾的遗忘，那幅美好的蓝图，在纷飞乱舞的落叶中，勾勒出一幅凌乱不堪的画面。

春终究是短暂的，宛如你的誓言。我现在想将它从梦境中拆迁，却发现一串叫思念的种子，已生根发芽，开出一朵朵忧郁的小花。我为这些花朵取了很多奇怪的名字，白色的叫惦念、红色的叫思念、黄色的叫怀念……还有很多无名的小花，开在我的体内。靠近左心房的那朵叫痴心绝对，靠近右心房的那朵叫撕心裂肺，靠近肝旁的那朵叫肝脑涂地，靠近胆旁的那朵叫肝胆相照，靠近肺旁的那朵叫肺腑之言……这些奇怪的花名，并非我的无理取闹，每朵花名都是有典故的。它们在茫茫的泪海中成长，然后又在茫茫的心海绽放。因为环境特别，所以芳名别具一格。

梦中的那些花朵曾经播在我的梦里，开在你的春天，那些可爱的花名，是曾经为你绽放的执念。如今我要将它们全部归位，从梦中拆迁，并为它们改名。白色的叫开始、红色的叫经过、黄色的叫结果……开在心与肺中间的那朵叫没心没肺，开在肝与肠之间的那朵叫肝肠寸断……虽不曾轰轰烈烈，但却真真切切。很想问你最喜欢哪一种颜色？最眷恋哪一朵？或许你还来不及回顾，那些花就已经不再属于你我。

原本以为我可以将春天收购，将誓言保鲜，将所有美好都播种到梦里面。因为春的花枝招展，令你心花怒放，背叛了我至善至纯的风格，所以不等你来宣布残局，我就自作主张将誓言进行修改。曾经写下的天荒地老，等待的只不过是小三驾到；说什么海枯石烂，眼看就要完蛋；那句不离不弃生死相依，很快就要改写为即将放弃各奔东西……不知是你变得快？还是我太有才？誓言在你的撩动下这么快就被我修改。这些被修改过的誓言，并非我的造次，一切拜你所赐！

如果花朵可以重开？我只追求一种风格，或红或白，但绝不是五颜六色。如果誓言可以修改？什么天荒地老海枯石烂，纯属扯淡，只求今生白头偕老平平淡淡。

忘记就是珍重，离开就是永恒

很多曾经感觉美好的故事莫名就销声匿迹，很多从未去构想的故事却悄然诞生。是人心太过善变？还是缘分注定薄命？相逢用分秒计算，相爱也只是一个段子，无能有多么刻骨铭心也仅仅只是片断。人生好比一部长篇小说，该要多少段子来衔接，翻了这页，谁还会把心停留在上一页？过了就是过了，上页的精彩已成回忆，未翻阅的故事最能捕捉人的猎奇心。

拨了一个永远不想再拨打的电话，不是想听对方的声音，只是怀旧的心偶尔会惦记曾经。电话未接通，心却无比的安静，感觉好像一切从未发生，只是心曾在那里扎过根，如今想连根拔起，非一朝一夕之功。这世间没有摧不毁的永恒，有的只是回不去的曾经。

是什么让曾经誓死不离不弃的恋人形同陌路？是时间将谎言揭

露？是松开了的手失去了温度？还是秋天比较适合说离别？这一转身，山水从此不相逢！秋色浓，浓了枝头，却浓不了记忆中的感动。再见曾经！离开就是永恒！忘记就是珍重！

婚姻是别墅　爱情是出租屋

如果说婚姻是爱情的坟墓，那么爱情就是坟墓上的一抔土。再不完美的婚姻也能风光立碑，再甜美的爱情也只是过眼云烟。在婚姻里，无论自己的爱人有多少缺陷，男人们也会努力为爱人营造一个优越的生活空间。在爱情里，再完美的女人，也很难让男人们想起“责任”两字。爱情在男人们的眼中好比廉价的出租屋，舍不得花钱装修，因为他们觉得装修得再好也是别人的。最可怜又可恨的是深陷爱情中的女人，她们为爱情付出身心甚至生命，殊不知在她深爱的男人心中，她只是个廉价的出租屋。

男人们为了良心的弥补，偶尔花点小钱为出租屋添置一些东西，但如果要他们将出租屋买下馈赠给爱情，那是万万不可能！因为在爱情里他们一开始寻求的就是一种新鲜感与满足，而从未考虑过付出。最不值的是那些傻乎乎的女人，总相信那一句“谈钱伤感情”，但如果不谈钱，付出了真情到最后空无一物，那时不仅是伤了感情还伤了青春。

爱情从不缺少被歌颂，无论爱情有多么伟大多么刻骨，到最后也如同一阵风。相反，婚姻虽然缺少赞美，但却可以将一生的悲喜带进坟墓。爱情虽然华美，但不及婚姻昂贵，多少死去活来的爱情，也只不过是婚姻里的赝品。所以女人在爱情里渴望有一个结果，而男人们渴求的只是花样百出的过程。女人爱了是付出了真心，男人爱了是性的本能。奉劝天下女人，不要相信爱情有多么神圣，爱情其实就是金钱与性的交集。如果一个男人舍不得为你花钱，说再多的爱都是假的，至少在他眼里钱比你重要！而婚姻不同，虽然婚姻里少了甜言蜜语，但男人们却舍得投资。再无能的男人也会努力将自己的爱人打造得如同皇后，再优秀的男人，也不会为爱情建造皇宫。

婚姻是别墅，爱情是出租屋。住在别墅里的人想去出租屋换换心情，住在出租屋里的人，做梦都想住进别墅！

秋念

秋天，叶黄、风凉。无心路过记忆中的雨巷，秋雨依旧呢喃着曾经遗留的半缕柔香，只是再也不见，当年撑着雨伞的那个有心郎。回想离别的那晚，一地的落黄，绝望地将两个人的故事无声埋葬。离人的眼睛，不经意间，滚动着几丝忧郁与苍茫。孤单的臂膀，再也没有人为它遮挡风霜。

一个季节，一个故事。一个故事，一段珍藏。秋天，宛如宋词里的女子——多愁多伤。秋水恰似伊人的眼泪——迷离惆怅。在这个月高风淡的夜晚，想着远方的你，这份思念该如何释放？

你本不属于我，可我们偏偏还是相恋了。其实从喜欢你的第一天起，直觉告诉我，这将会是一场无言的结局。无论是从年龄，学历，还是生活环境，我们之间始终是有距离的。可感情这东西，总是随心而遇，难以自理。明明知道这段情一开始就是错误，可我还是愿意一错再错，沉迷于爱河不醒。

我们本是两个世界的人，今生注定只能站在孤独的彼岸遥望，而不能牵手。上天让我们相知相爱，却不能相惜相守，爱上你等于爱上孤独。这么多年，我都是一个人过，与寂寞相守。说喜欢我的人也不计其数，可我就是找不到那种感觉。我以为这一辈子就这样荒凉而度，可认识你以后，我才知道心跳的感觉。原来，我并不是世人眼中的冷血宠儿，其实我只是一个普通的女子，也需要人来关怀来爱。亲爱的！谢谢你让我找回那遗失已久的芳心，谢谢你为我点燃心中已熄灭的爱之灯。虽然我知道，你不属于我，但我还是喜欢与你共处的那种感觉。

我知道喜欢你的女孩很多很多，或许她们比我优秀，比我温柔体贴，比我更加适合你。当初看到别人对你的暧昧，我心里酸酸的，其实我也很清楚，我并不是你的谁，没道理去争风吃醋，可是心里就是酸溜溜的。这或许是我太天真，永远学不会长大。现在想想，那只是不成熟的表现。在感情里，人人平等，我可以喜欢你，别人也一样有喜欢你的权力。我是个很腼腆的女孩，从来都是处于被动状态，亲口说喜欢你，这好像还是我平生第一次。爱情的魔力，是如此的神奇美丽。

我的感情里，曾有一段苍白的回忆，我不想在感情里再一次受伤害，虽然爱你，但我还是选择退出。我害怕爱得越深，伤得越痛。只想就这样将你藏在心里，把这段情永远地珍藏在回忆里。有一种爱叫做放手，不能完全拥有，就该让你走。在这个叶落的深秋，谢谢你陪我走了那么久。你说你也爱我，你说过段时间来看我，我很高兴，很快乐，但同时又有一种莫名的失落。因为你注定只是我苍白生命中的过客，你还有很多很多路要走，远方还有另外一个人在等你，那个人才是你一生的传奇。

有一种爱叫做放手，喜欢并不代表拥有。感情不能有太多强求，如果真心爱一个人，就把他放在心里，默默为他祝福。爱在深秋，等到黄叶满地的时候，那也就是我们最后的分手。亲爱的！我不后悔爱过你，也不后悔最后的退出，只要你幸福，我一辈子足够。

爱需要理由 需要呵护

喜欢是一种感性，爱是一种责任。喜欢一个人无需理由，但爱一个人是需要理由的。喜欢不一定要求开花结果，而爱渴求的是修成正果。喜欢是由最初的淡淡美好而愈渐强烈，而爱则是由强烈归于平淡。

在爱情里女人如同一朵娇羞的花，需求呵护关爱。甜美的爱情可以让人变得活泼开朗。痛苦的爱情也会让人变得孤独沉默。爱情若让一个女人变得沉默，那必定是她受到了极大的伤害，或是对这段感情失去了信心，所以选择沉默，只为减少伤害。

何谓伤害？不是打也不是骂，而是一次次的敷衍与欺骗。人与人之间交往贵在一份诚信，才会有更长远的发展。在感情里更需要真诚，才能让彼此无距离交心。一个人若总是在不断地许诺，可每次许诺都如同呼出去的空气有去无回，这种说话不负责任的态度，不但有损自己的人格，同时也会让别人对他丧失信心。一个没有诚信的人，是不值得让人为他掏心掏肺的，更不值得用自己一生的幸福来做赌注。誓言在没有实现之前都是谎言，谎言止于智者。所以请大家在没有把握的前提下，不要轻易许诺给别人，许诺了就要为自己说过的话买单。这是做人最基本的原则与良知。

诚信是维持人际关系的基石。一段感情若要继续维持深入，除了诚信，沟通、理解，关爱与责任也是缺一不可的。每一段感情都是由最初的陌生到相识相知演化而来，而沟通就是演变过程的主调色彩。因为有了沟通，才能知己知彼心无距离。在感情里理解是相互给予的，你若要得到对方的理解，那你首先要去理解对方。你不要总抱怨对方太不了解你，而对你有所质疑。在你抱怨的同时，你有没有想过，你自己从不向对方坦陈一切，不是对方不理解你，是你将自己伪装起来了，让对方无法去了解去认识你，这样长久的伪装，会让对方对你失去了解的信心。因为对方只想看到一个真实的你，而不是华丽的包装。

爱一个人，不是用甜言蜜语来将她灌醉，而是时刻让她保持清醒感受你的关爱。一个人再忙再累，每天也该抽出一点时间给你的爱人送上一声问候，哪怕只是一句“你吃饭了吗”，这也是关爱。即便你有重要事情不便开机，那你也应该在关机之前告诉你爱人一声，减少她不必要的担心，这是对自己的负责也是对爱人的（尊）珍重。如果连这么个微不足道的举止都做不到，那你还用什么证明你在乎她爱她呢？爱不是你给她多少海市蜃楼般的誓言，真正的爱是不需要誓言，是生活中无微不至的关爱问候。爱不一定要分分秒秒在一起，真正的爱是无论何时何地心都在我这里。对于长期关机，喜欢玩失踪游戏的人，从表面看就是一个玩世不恭缺少安全系数不靠谱的人。像这样的人是不配谈感情的，更不配获得一颗真心。如果真爱一个人，就必须给她一个确定的联系方式，要她无论何时何地都能找到你，知道你是否安全，过得好不好，这是最基本的信任，作为一个正常人是不会常玩失踪游戏的。哪怕是普通朋友之间都不会有事无事关机，更何况是恋人爱人。若连最基本的正常联系都不能稳定，还有什么资格谈感情？

一段感情从最初的如胶似漆到天各一方，从每天亲口送出的“亲爱的”，到三五天一条短信问你在干吗？这意味着什么？明白人过眼便知。打一通电话只不过是举手之劳，递一声问候也只不过是瞬间的事情。若这些都做不到，感情还有什么继续的理由？喜欢可以不要理由，但爱是需要理由的，因为喜欢只是一个过程，而爱是一辈子的相守。

人生中最大的成功就是完整拥有一个人的心，最可悲的是得到了又不懂珍惜。人的忍耐是有限度的，信心也是有极限的。感情需要相互给予相互取暖才不会冰冷，爱不是赤裸裸的对白，而是真切切的行动。距离产生的不是美，而是让彼此走向陌生。沉默不代表无话可说，而是对牛弹琴说也白说，还不如不说。所以，当你拥有了一份感情就要懂得珍惜，感情里没有回头路，错过了就再也不属于你。“冰冻三尺非一日之寒”，一颗狂热的心是如何变得冰冷？一个对爱充满憧憬的心，是如何对爱失去了信心？这其中的艰辛痛楚又有谁能读懂？所以，当你拥有了一颗真心，一定要用心去呵护，心是会变的，你总让它感觉冷，它还会为你跳动吗？

其实我没那么坚强

过了小的年龄，不敢再卖萌，曾经那个情窦初开如白莲般娇羞的少女，在那个纯真的年代已走失。岁月留痕，青春无踪。不觉已步入不惑之年，女人奔三后需要适时变得强大，即便自己就是个会撒娇的小女人，但并不是每个女人都会如此的幸运，毕竟撒娇是需要有个疼爱自己的人做资本，不然无谓的发嗲会沦为神经质。

女人孤独久了会变得深沉，甚至还会多了一些自己无法感知的冷傲。曾经邂逅了一份感觉唯美的情感，彼此都相互喜欢，每次相见柔情似水，但一分开就仿佛隔着千山万水，每次信息交流都弥漫着烟火味。于是没坚持多久双方就不欢而散，最后连分手都找不到理由。是心中没有彼此吗？还是我真如他所说的强势、冷漠、不懂撒娇、不会换位思考等等？或许吧！我只能忍痛说是因为彼此不合适，缘分太浅……算是为自己找个台阶下吧！死要面子活受罪的错误又不是初犯，生命中所遇见的美好，一次次败在我那昂贵的自尊里。口是心非的抉择为自己铺下一条不知归途的绝路，明明是痛了，还笑得那般坚强，走得如此决裂！

我知道自己有些遥不可及的清高，我也知道自己不及小女生会撒娇，或许在男人的眼里奔放比矜持重要！所以我至今潜伏在自我世界里，外面的人走不进来，自己也迈不出去。

其实我真的没那么坚强，我也害怕孤独，我也期待有一个温暖而坚实的臂膀可投，只是缘分匆匆无法强留。花朵开了又败，败了又开，因为春去春还在，只是缘分并非年年都有春天，也许一败就再也不能破土重生！

或许在人前我真如冰山般冷峻，但这并非是我最初的模样。我不知道自己是什么时候与冷漠结缘？从前那个笑靥如花的脸庞不知不觉中延伸着忧郁，直至眼底，心灵深处。这些被改涂的命运，非一朝一夕，也并非是我所能左右的，一切都仿似冥冥之中早已注定。如果生命中能遇见一个还原我最初样子的有缘人，那该是多么的珍贵！无论我在旁人眼里有多么的不完美，我只希望一生中能在某一个人的心里能是这世间独一无二的美好！

有一种爱一开始就受伤

秋风卷来阵阵凉意，妩媚的夏日在一阵雨后褪了妆，坏了心肠，看上去有些狼狈！守着温婉而憔悴的夜，那么多来不及处理的坏心情，如夏夜繁星织满优柔的心。七夕不曾走远，爱情却早已在银河两端守成绝望！鹊桥相会固然令人神往！但那只属于天上，陨落在人间的爱情，总来不及想象就走了样！

有一种爱一开始就受伤！有一种情到最后只能选择相忘！

美丽的她轻倚轩窗，望着远处忽明忽暗的灯火，想起那些不明不白的日子，还有那个薄情寡义的负心人，她恬静的脸庞瞬间掠过忧伤。她曾经是爱他的，不求任何目的，全心全意地爱着那个冷漠的男人。他说的每一句她都相信，都会很用心地去听，尽管有时候她很清楚一切都是谎言，但她却情愿相信是自己太过敏感，也不敢承认那只是骗人的闹剧。因为爱着他，所以她选择无止境的包容，单纯且痴心的她总以为爱情是可以真心换真情的，却不知包容的尽头等来的是他的背叛！

曾经她为他肝肠寸断、眼泪枯尽，但她却始终不忍放弃，因为对他倾尽所有，因为自己快不认识自己，因为忍受太多感情的折磨，因为心中还不能完全将他放下……因为有期待，所以不忍心；因为爱太真，所以不甘心；因为未看清，所以不死心……当有那么一天，不经意间发现他的手机里有一个女人喊他“老公”，她突然变得极度冷静，连哭都发不出声音。她安静地靠在床头，戴着耳机，让碎了的心在伤感的旋律中找到归宿，心明明是痛了，但此时却不知痛是什么模样？

终于死了心！放了手！其实爱情真的没有想象的那么伟大！爱可以包容一切不完美，但唯有背叛是致命的重伤，一次背叛足以让爱死亡！忘了那张冷漠的脸吧！去开始自己的新人生！是他辜负了爱情也辜负了你——傻女孩！有些人不值得去深爱，有些爱一开始就是伤害！

秋风凉，爱情黄！爱到最后是悲伤！叶子未曾落，爱情从此消失在银河。忘……忘……

真情只留给懂得珍惜的人

有一种女人一谈恋爱智商就为零，并非指她有多愚蠢，而是痴愚到极致，对待爱情完全失去理性，有时明明知道自己爱得很受伤，但就是无法收回自己的心，因为心一旦交给了爱情，就很难自控。这种为爱奋不顾身的女人，视爱情高于生命，男人们若是遇见了是幸运的，毕竟在这种物欲横流的社会，追求伟大爱情的人几近绝版，所以遇见了，请珍惜！

爱情本来就是不理性的，而太理性只能说爱得不够真。一份好的爱情会让女人变得甜美，一份坏的感情会将女人变得忧郁。所谓好的爱情，就是在对的时间遇见对的人；所谓坏的感情就是在错的时间遇到错的人，还有一份更坏的感情，就是痴心交给负心；一个掏心掏肺，一个狼心狗肺。

真情只留给懂得珍惜的人，真爱只留给懂得呵护的人。一个不把爱情当回事的人，不配获得一份真感情，一个不把尊严当回事的人，也休想赢得别人的尊重。任何事情都是相辅相成的，你付出多少即使在短时间内得不到回报，但上帝会记得你的好，你总有一天会得到善报。机关算尽的伪君子，在算计别人的同时，命运也开始在算计他。所以做人要真诚，对待感情更要忠诚，玩世不恭的人不配拥有美好人生！

包容的尽头是结束

这首歌曲在很多年前就流行，但她曾经欣赏的只是它凄美的旋律，却并没有用心去领悟其中的心境。当他神出鬼没地从天而降映入她眼帘，哼唱着那首并不陌生的歌曲，她有些怦然心动。不知是因为这熟悉的旋律让她心不设防，还是因为他让她对这首歌曲有了新的审视。每次想起他的时候，她就会重复地听着这首歌，思念就会在这一刻更加深刻。只是不知从什么时候开始，每每听起这首歌心中就莫名地失落。“是你告诉我，冬天恋爱最适合，因为爱情可以让人暖和。我可能不知道，爱情原来也会老，迷迷糊糊跟你在冬天拥抱……”如今冬天已过，这首歌依旧是她的最爱，只是松开了的手已失去了温度，春天开始的爱情在春天结束。

“是你告诉我爱你不需要承诺，因为你怕季节过了爱丢了……”是啊，真正的爱情是不需要承诺的！如果他没有那么多的承诺，或许她们之间就不会有如此多的波折。她们的感情并非因为季节变迁而出现裂痕，也并非少了那些海市蜃楼的许诺，感情就无法生根。感情是一种责任，选择了开始，就要用心去呵护。就拿她爸妈的感情来说，他们在一起生活了三十余年，生活虽然平淡，但却很幸福。从她记事开始，她从未见过他们吵闹，就连磨磨嘴皮子都少得屈指可数。看着他们相濡以沫几十年，携手走过人生风风雨雨，齐心营造美好家园，她有些羡慕，但更多的是感恩。她曾顽皮地问过母亲，问她和父亲恋爱的时候，父亲有没有对她许诺过。母亲半开玩笑说“许了”，她迫不及待地想知道下文，母亲看她猴急的样子，故意放慢语调：“你父亲今生只对我承诺过一件事，他说无论贫富贵贱都要牵着我的手走到生命的终点。”多么质朴而奢华的誓言啊！父亲做到了，她能时常从母亲温暖的笑容里捕捉到那种不可雕琢的幸福！不知是时代毁灭了纯真？还是纯真抛弃了时代？拥有好的生活质量，却无法遇见美好的爱情。

“想你爱你留不住你，亲爱的你！我已用尽我的力气，去爱去接受你……”女人到了三十或许不适合再谈恋爱，她是个思维成熟的女人，然而在爱情里她却是那么天真，总希望自己能像个孩子一样被人疼爱着。在陌生人眼中她是个有点自视清高的人，常会给人距离感。或许是有那么一点点冷傲吧！但那仅限于陌生人群。对待朋友她是真诚的！对待爱情更是纤尘不染一根筋，然而她所期待的爱情永远只是一个伤心的笑话。当她对他有所期待时，他却总是一次次让她失望。回想他说过的每一句话，如同雪花落地即化，为了让这纯情的雪花能绽放出美丽的神话，她光着脚，站在雪中，可雪花一落在她身上就变成了冰冷的眼泪。站在暴阳下心还冷得发抖，他能体会那是何等的一个心境吗？相信他不会明白，永远都不会明白，等到他明白的那天，也许她的心已经发生了大改变，那个时候或许有一个疼爱她的人在她身边时刻为她递送温暖。至于她曾经用心爱过的人，分手后就是陌生人，从此不闻不问就是关心。有很多恋人分手后还像朋友一样相处着，她不看好这种分手模式，因为藕断丝连会影响彼此的下一段感情，要分就要彻彻底底一笔勾销，最好一辈子都不要再联系，尽管这种方式看似有些残忍，但这却是对彼此最好的祝福！

感情真的很奇怪，来的时候那么凶猛，走时却悄然无声，连招呼都不打。以为自己还爱着，以为丢失了爱情就不能活命。当午夜独自敞开心门，她看着心中一道道被他划伤过的裂痕，她却没有了眼泪，因为心死了，再也感觉不到疼痛。她还在听着那首《包容》，可感情不是建立在无止境的包容中的，一次次的失信，一次次的漠不关心，终于冲垮了她所有的坚持，就这样结束吧！她已经很淡定！

秋雨打湿了落叶上的誓言

已经很久不见！不敢再说想念！或许我那些可爱的笑脸，随着时光的打磨，已经模糊得你再也无法辨认。而你的样子，在那些虚无飘渺的等待中，开始走样。如今，我也只能在梦中偶尔将你的样子再过滤一遍。

昨晚不小心在梦中遇见了你。第一眼，你送给我的是如春风般的笑容，我还来不及将这些笑容收集，你的脸很快就换了天气。刚才阳光明媚，现在愁云密集。我不敢去揣摩你此刻的心情，也不想去了解你转变的过程。你低头而过，没敢与我相认。面对你的喜怒无常，我已经看淡了！就像风看淡了云，云看淡了雨。终究来回演绎的都是一种很轻且很沉的自然规律。面对你的陌生，我浅浅一笑，从前那些不明不白的想念，在这一刻终于找到了诠释的聚点。在我还来不及对那些美好的记忆道别时，一张浓妆艳抹的新面孔，恍如一朵作态的桃花，盛开在你我之间。就在你与她眼神交集的瞬间，我一切都懂了！你无须像做贼一样，目光中尽向我投递歉意与虚伪。我现在终于明白，一张熟悉的面孔是如何变得陌生，不是时间在作怪，是因为自己从来就没有看清，等真正看清了，也就陌生了。

岁月枯瘦了琴弦上的誓言，秋雨渐远了落叶上的想念。梦中没有下雨，却淋湿了我的双眼，也潮湿了我曾经为你写下的诗篇。

这些日子一直在下雨，心中的雨也赶上了季节，为秋平添了一丝寒意。家中那株无名的盆景竟莫名地枯萎，如今只剩下仅有的一片绿意，孤独地托起整间屋子的空绝。面对一株枯萎的生命，一些关于人生关于爱情的理论，此刻正在我心中沸腾。一株生活在温室里的花草，为何竟不如饱受风吹雨打的那些花草长命？是它在向往自由，不甘一辈子被人囚禁，所以用死来结束这寄人篱下的苦难人生？要不就是我这个主人太冷漠粗心，朝夕相处几个月，竟从未正视它一眼，更不曾和它交过心，所以它用死来抗议，用死对孤独做出最后的长鸣！这些微小的细节，微小的生命，或许根本不值得让人去回顾，但它的人生却值得我们去深思。看着它匆忙地离去，我才开始怀念它曾经递送清意的日子。那些日子也有你，如今它不辞而别，我们之间曾拥有过的那些灿烂时光，是否也将一去不返？

如果所有的遇见，所有的开始，所有的相知……只是为了留下一段深情而微凉的诗句，那么我曾经送给你的诗，我想收回重新涂改，或者删除，不知可许？你许给我的那些誓言，很多很多，或许你自己都记不清，我也不想再记起。因为那些从未真正属于过我，你只是把它们美好而娇弱的样子描述给我听，那些华而不实的样子，如同影子在我面前一闪而过。听完了，它是它，我是我，只是你再不是你了！你只是一个会编故事的人，你的故事或许能牵动某些爱慕虚荣的心，只是我对你讲的故事不太投入，也缺乏兴致。所以你许过我的那些誓言，无须你收回，我早已将它们抛向时光的河流中，相信它们现在早已魂飞魄散，无处藏身！

窗外的雨一阵接一阵，越织越密，越闹越凶。一阵冷风不知从何处卷来了一枚落叶。瞧它那憔悴不堪的样子，想必是久经风雨，它的样子虽然沧桑憔悴，但面对风雨来袭，它却无半点畏缩之举。你看它多沉静，多岸然，多豁达……尽管它用那么多灿烂的表情来掩饰内心的苍凉，但有些真实的痛楚与茫然是永远无法修饰的。秋雨无情地拍打着落叶的心，它刚才还是昂首挺胸的，就在我一转眼的瞬间，它彻底地被雨水埋葬了。它再也没有睁开眼睛，连一声叹息都不曾留下，就安静地躺在秋雨为它安排的墓地里，做一个无家可归的游魂。

雨停了，思念还在进行；叶子黄了，誓言却苍白了；梦醒了，心却丢失在梦里；爱情走了，我却还在等……

秋雨 秋心

这一场雨，不哭不闹，不争不休，不慌不忙，三三两两，稀稀疏疏，纷纷扬扬。这一泓幽幽之水，被幽禁银河千年，依旧盛气凌人，我行我素。将一段美好的姻缘悬隔于银河两端，织上千年的忧伤与哀怨。

踏着秋的脚步，撑一把雨伞独自在雨中，街头不见行人，过往的车辆载着一筐筐疲惫而冷漠的灵魂，任雨水疯狂地洗礼，也洗不尽沾满尘埃的心。此时奔走的车辆成了雨中唯一的风景，而我却是唯一的观景人。

南国的秋天来得比较迟，虽是秋的季节，但夏日依旧用它激情的舞姿勾引叛逆的眼神。我将自己囚禁在一个与夏日无关的世界里，每日循环播放的是那首痛彻心扉的歌曲——“我是被你囚禁的鸟，已经忘了天有多高……”明明不喜欢这样伤感的旋律，但有时候却发现歌词里写的就是自己，一触即痛，越是痛了越是痴迷。

秋雨是任性的、矜持的、冷傲的，也是孤独的。尽管夏天越界，死缠烂打挽着秋的脖子不肯离去，但秋有它独特的对待方式，收集银河两端储存了一年的眼泪，化作这漫天相思雨，感动了出格的夏季。夏的坚韧终被柔柔的秋雨给软化了，秋雨以一种冷艳清高的姿势，将内心的似水柔情无尽倾泻。抬眼望去，满世界恍若在温柔与迷茫中交织，忽明忽暗，忽远忽近，柔弱了一颗叫永恒的心。

这一场雨虽不够气势磅礴，但耐力极佳。从昨日早晨到现在，它一直在跑，中间虽有几次小歇，但它却始终未曾停止追逐梦想的脚步。

雨终于停了！几许阳光突然从窗外挤进来，落在我苍白的指尖。我将十指紧扣，试想能否将阳光托起，结果阳光还是从指缝间溜走。它将光明投射于世间万物，并非唯我所有，属于我的只有不断的憧憬与追求。

第四章

写诗的日子

写诗的日子

风，不再如初见你时那般清新娇羞，是因为季节的更迭，改变了它的妆容？还是过往的故事，让它变得从容淡定？想起那些被风吹过的季节，想起那些写诗的日子，怎能忘记你——诗的背景。

有一段日子我沉迷于写诗， 其实我并非为诗而写，写下的只不过是另一种痴迷。诗中那些带有风花雪月的字句，或思念或怨恨，或伤悲或欢喜，或赤裸或含羞，或天堂或地狱……真真假假，扑朔迷离，至今我也没看清“诗”长啥样子，更不知道它来自何方。我只知道它与你同在，但你并非为它而存在。你若归来，它就是你窗前的那轮圆月；你若离开，它就是你身后的那片泪海。你是它孜孜不倦的远方，而它只是你一个漫不经心的回头。

翻开这些泛黄的诗篇，一幅幅生动的画面，如流星划过眼前，来不及许愿，星星已坠落银河，化作孤独泪水一颗。而我的眼泪在诗中变成了一条潺潺不息的河流，没日没夜地漂流，直至干涩。

不知从哪一天开始我与诗决裂了？我开始写散文写小说。突有一天发现，无论我写什么样体裁的文章，都偏离不了诗的方向。放下手中那些没有头绪的文稿，去追溯诗的年代，突感有些茫然。搁浅许久，笔触生涩，我想不起诗的样子，但又不忍从此与它形同陌路，毕竟我曾为它执着过。或许是因为念旧，突然特别怀念写诗的日子。那里的风是清的，云是淡的，花是甜的，月是残的，笑是假的，泪是真的……那个人带走了我的诗，至今不知去向，我想忘记你，却发现自己的诗离不开你……

冬天开始了，一丝微凉破窗而入，守在电脑前的我不由一阵寒战，冰冷的键盘不知能否敲打出温暖的文字？游离在光速隧道里的誓言，在冬季不知能否再次保鲜？想在雪花飞舞的季节写首诗，现在开始构思诗的背景，曾经是你。写诗的日子重新开始……

向诗歌致敬 向青春致歉

——《那些迷途的青春》发布会文稿

上帝最公平的是将青春馈赠于每一个生命。我在为青春写诗时，其实我的青春已经走到尽头。也许大家会问既然我也承认自己不再青春了，为何还要用文字来挑衅青春？在此我要向大家澄清，我写这本书没有任何动机，也没有刻意盯着哪个主题纠缠不清。我用青春命题，是因为自己对青春有太多眷顾与歉意。为何会这么说呢？大家都知道青春是人生中最单纯最美好的年华，然而美好的时光总是走得太急。当我们正青春的时候，我们总把青春当作实现梦想的筹码，任意挥霍，总以自己还年轻为理由，而虚度了当下的大好时光。一寸光阴一寸金，这句格言像是为青春量身定做的似的。生命仅有一次，青春更是仓促短暂，所以敬请青春期的少男少女不要怠慢青春，更不要在青春里迷途。谈了半天青春，在场的朋友有谁能告诉我青春是什么吗？我眼中的青春是一次成长，成长的路上有雨季有阳光；青春是一道七彩霞光，有惊艳的红，有希望的绿，也有惨淡的灰暗；青春是昨夜梦中的一抹幽蓝，有些神秘，有些伤感；青春是一段青涩的旋律，一首意犹未尽的诗，只有开始，没有过去。

都说写诗的人是疯子，不知大家是否赞同这种说法。诗歌是一种唯美纯真主义，无论是把诗歌当作一种事业去对待，或是纯粹当作一种业余爱好，我个人认为在当前这浮躁的社会，能保持这样一种高雅的兴趣爱好难能可贵！若把写诗当作一种美丽事业去用心对待实属不易。会写文字的朋友应该都知道，当前的诗歌市场并不理想，很多喜欢写诗的作者，因为生活问题而没能坚持下去。我惭愧自己对诗歌徒有一片赤诚，可它回敬我的却是苍白的生活。然而我却从来没有为我的选择后悔过，尽管写诗已沦为一种自娱自乐的行为。韩寒曾说这个社会不需要诗人与诗歌，但他最后还是公开向女诗人致歉！写长篇的看不起写诗歌的，说写诗是小儿科，我扑哧一笑。诗歌虽然精简凝练，不及长篇水深火热，但比起长篇，诗歌更注重意境的柔和与美感。易中天老师曾发表过一篇文章，说写诗的作者都能写出一手好散文，但写散文的作者不一定能写好诗。这句话一针见血点明了写诗并非某些人想象的那么肤浅。没有激情，没有灵性，是写不出诗的。如果真要把写诗的人称为疯子，那也是一个可爱的疯子，不是穷疯了，就是为诗而疯。

让我这一生感到最意外的事是我与诗歌结下的不解之缘，谈起我与诗歌共同成长的岁月，心中感慨万千。我与诗歌最初的邂逅在多年以前，那时我还是个爱哭爱笑的单纯女生。我和所有同龄人一样有过青涩懵懂的初恋，那时把爱情构想得太过完美，殊不知爱情如同玻璃碎片，会让人流泪流血。我是个不善表达的女子，喜欢将心情收藏于文字中，那时候我不懂什么叫诗，也没有刻意去研究诗，更不曾想自己会出版诗集。在那些自我感觉阴郁的日子里，我喜欢写些莫名其妙的文字，雅称为诗。我最初写诗的地方是在博客里，虽然那是一个虚拟空间，但我把那当作是精神乐园，坚持每天更新内容，每夜熬到睁不开眼。我的博客每天都会有大批量的陌生人在我写的博文里留言，我不知道这些热心的网友是冲着我这张长得不算很丑的面孔而来，还是我的文字真如他们所说很伤感很唯美，很符合他们的心情。虽然我很清楚那些所谓的赞美不能为我支撑一片天，但那时我常会因那些夸大其词的虚赞感动不已。网友们的鼓励给了我创作的动力，我 2007 年开博客，2008 年出版了第一本诗集。因那本诗集出版有些草率，文字过于矫情青涩，诗集签名活动后遭到了网友吐槽。我虚心接受网友们的评判，深深地意识到自己对诗歌认识太浅，写诗并非一种随意的涂鸦行为，诗歌是高尚严谨的，要想写好诗，必须从净化灵魂开始，持有高尚的情操，纯美的心灵，才能真正切入诗歌世界，将自己变成诗的一部分。也许我的诗歌不够华丽妩媚，但我是用自己的真感情在写，我希望我的诗歌向大家传递的是真诚。

写诗多年，自认为自己还是学匠。诗歌虽没给我带来太多物质上的满足，但诗歌让我学会了成长，我不再像以前那么任性那么我行我素，写诗让我悟出了一个真理，心似蓝天、胸怀大海的女子最美丽，我要向诗歌致敬！向青春致歉！青春是多么美好而奢侈的阶段，而我的青春岁月大部分时间是在文字间流连。青春应是多姿多彩的，相比之下我的青春太过简略，所以我要对远去的青春说声抱歉！正值青春的你们，可要认真善待青春期的每一天。

诗与生活

——深圳晚8点演讲稿

我拜读过很多国内外著名诗人的诗作，自己也断断续续写了一些不成气候的诗歌。我在诗的王国流浪穿梭，算算也有些时候。若要问我诗是什么？我还真不好做全面回答。我只能说诗歌是一种纯真浪漫主义，诗歌是高尚严谨的，要想写好诗，必须从净化灵魂开始，持有高尚的情操，纯美的心灵，才能真正切入诗歌世界，将自己变成诗的一部分。关于诗，历来都有多种说法，有人说诗是语言的艺术，有人说诗是情感的宣泄，有些人说诗只是一种不加修饰的假象，还有一些超思想的人不谈诗只论写诗的人，说写诗的人都不正常，十个诗人九个疯，还有一个在梦中。这些层出不穷的犀利的点评，从侧面去理解或多或少是有些历史根据的。比如盛唐时候的诗仙李白，喜欢醉酒作诗，过着飘荡四方的漫游生活，虽然中间被召至长安，供奉翰林，但因他好酒，终日喝得昏昏沉沉，在京供职仅两年就被放还。凭借他的才华，谋个一官半职简直是囊中取物，然而他张扬不羁的个性不受权贵所左右，因此过着清简游离的生活。从这点看诗人是有点疯，但并非不正常，对于多数人来说都比较倾向于物质生活，而诗人追求的是精神世界的满足。又喻南唐后主李煜一生喜好填词谱乐，无奈身在帝王之家，不爱江山只爱美人与词乐，最终江山美人拱手让人，唯一属于他自己的只有那些唯美伤感的诗词。尤其那首绝世之作《虞美人》最是令人愁肠寸结，悲叹不已！“春花秋月何时了，往事知多少。小楼昨夜又东风，故国不堪回首月明中。雕栏玉砌应犹在，只是朱颜改。问君能有几多愁，恰似一江春水向东流。”这位杰出的词人，失败的政客，短暂的一生如同一场繁华而忧伤的梦，“十个诗人九个疯，还有一个在梦中”，那个在梦中的诗人想必说的就是他。又如中国现代诗坛上屈指可数的新月派大诗人徐志摩，他的才华毋庸置疑，值得人赞美和学习！他的诗我非常喜欢，特别是他的《再别康桥》，几乎每一个上过学的中国人都能够吟诵那么几句，比如“轻轻地我走了，正如我轻轻地来”，他是众多少男少女的偶像。徐志摩是一个把诗和生活混为了一谈的人。他为了追求自己心灵世界的自由，和父母反目，和张幼仪离婚，和林徽因相恋，和陆小曼结婚，把生活搞得一团糟，他几近于崩溃状态，使自己的创作陷入了“穷、窘、枯、干”的境地。我觉得徐志摩非常有才华，诗写得好，但是徐志摩却没有责任感，稍显自私。综上所述，诗人的世界的确是疯狂的，诗人可以为诗而活，但诗却不能给诗人带来美好的生活。

生活是一部真实的纪录片，每天都有精彩与无奈交替上演。每个人来到这个世界，都是带着目的而来的——有些人为了伟大而刻薄的理想与自己较劲一辈子，有些人为了美好而遥远的爱情困惑忧伤一辈子，有些人为了冠冕堂皇而虚无的名利尔虞我诈勾心斗角一辈子，有些人只求平凡与安逸而快乐一辈子……无论人类是带着怎样的目的来到这个世界，最终的目的只有一个，那就是好好活着，寻求一份恬静美好且诗意的生活。生活的范畴很广阔，生活可以是复杂的也可以是简单的，关键在于一个人对生活的态度以及自己对生活的定位。如果要用一个词来概括生活，我首先想到的是 “喜怒哀乐”，其次是“贫富贵贱”。将“喜怒哀乐”这个词拆开理解：“喜”并非一种外在的表情，通常是因为某件美好的事情或遇见喜欢的人而给人带来一种精神上的愉悦；“怒”虽然是通过表情与言语来展现，其实是一种内心写照与情感的宣泄；“哀”形同“衰”这两个字在某种意义上所要表达的意思相近，但“哀”所要传达的范畴似乎更显广袤深刻，一个“哀”字容纳了千百种情感的交集，而“衰”字呈现的只是一种当前不乐观的情景状况。“喜怒哀乐”这个词的关键在于最后一个字“乐”，快乐是每个人所崇尚憧憬的，每个人都希望自己的一生与快乐结伴同行，然而，并非每个人都能那么幸运地与快乐牵手今生。人生要持有一份乐观的态度，方能每天活在快乐中。我希望每个人都能跳越“怒”与“哀”，将不好的心情与际遇简化成浮云，但愿这世界所有人都能遇见自己喜欢的人，做自己喜欢的事，让快乐常驻心中，将快乐传递给身边的每一个人。这样才叫生活，这样才叫人生。我将生活归纳为“喜怒哀乐”、“贫富贵贱”这两个词不知是否得体。“喜怒哀乐”向大家传递的是一种生活态度，而“贫富贵贱”贯入的则是一种思想与精神。同样用拆字的方式来理解“贫富贵贱”这个词。“贫”在大多数人的眼前呈现的是一片饥荒潦倒的困境，“贫”的确多用于表达生活的清苦与艰辛，抛除这些外在的物质现象，更深层地去解读“贫”，其实思想的贫乏才是最值得怜悯的。“富”立马会让人联想到有挥霍不完的钞票，背不完的名包，出门豪车排队接送，回家折磨菲律宾女佣，这些华丽的派头的确是富，不过我想问的是拼个有钱的干爹，或生下来父母就攒下了几辈子挥霍不完的钞票，这些财富是我们所需要的吗？真正的富有不是用物质来衡量，只有精神富有，那才是永久的财富。“贵”与“贱”意义相反，但表达的方式相同，通常都是由人的品格与思想来定位。“贵”是“富”的精华版，“贱”是“贫”的升级版，富不能代表贵，贱不只是因为贫。大家若能参透这四个字，相信人生别有风景！生活是一门很深奥且平实的艺术问答题，没有谁能做到满分，我们唯一能做的是不断努力与不断思考，不能做到百分百，至少要及格！

诗与生活是唇齿相依的，但又是相互矛盾的！生活中处处洋溢着诗意，关键在于捕捉与发现。花儿会让人想起多年前的一张笑脸，落叶会让人想起那个离别的秋天。生活是一切艺术的源泉，但艺术却并不等于生活。诗是精神世界的包装，而生活却是一日三餐，柴米油盐。生活里可以有诗，但诗不能够代替生活。尤其是在这个物欲横流的浮躁社会，大家都忙忙碌碌苦思如何挣钱养家糊口，即使闲暇之际多数人也会选择看肥皂剧，或听听音乐打打球。至于诗，已渐渐淡出人们的视线，只有我们这些所谓的疯子，还高举着诗人的旗号，还喊着“诗歌不死，诗人不倒”！当前的诗歌市场并不乐观，写诗已沦为自娱自乐的行为。尽管我们还热爱诗歌，但我们更热爱生活！矛盾的是，诗歌不能养活诗人，最后诗人为了生活都改行了！请别问我要不要改行，这个问题交给时间去回答。

若与离分开太久

自打写文章的那天起，我就有了一个在大家看来不吉利的名字“若离”。这个名字陪我走过了漫长艰辛的八个年头，回想创作的这些年，一直都是在孤独中奋进，一直都是在别离中辗转。人生中最美好的年华馈赠给了文字，如今除了这些弱不禁风的文字与我不离不弃，我感觉自己如同一株无根的小草在风雨中飘渺。

我是个有点小固执的人，自己认定的事，一般就很难回头，即便前面等待我的是悬崖，也很难唤回我的一回眸。比如我用“若离”这个名字，亲朋都说这个名字虽有诗意，但一个“离”字的确让人忧心！曾经去寺庙也有位大师谈及我的名字，他说“若离”若是遇上“若即”或许就不会真正离。或许真如大师所说吧！不然我也不会一直站在离别的边缘。这些年我也偶尔会幻想红尘中会不会真有一个叫“若即”的人出现？春花败了数载，秋月瘦了几个轮回，若离还是若离，那个未知的若即至今是个悬念……

我曾经的 QQ 名与微信名都用“离人”这个昵称，有朋友多次与我谈起这个昵称太不吉利。为避免不必要的小麻烦，我有段时间将微信昵称改为“离若”，结果这个昵称没能坚持几天，就被一些朋友的来回质问所解雇，还有几个平常几乎不交往的微友，这会儿兴趣也来了，提问多多，看来这名字比我本人有磁力！

为了过个太平年，春节前我把微信名字去掉了离字，现在只剩下一个若字，但还是不乏微友的好奇心，“终于不离了？”我答：“过完春节再把离字找回。”“是喊你若？还是离呢？”我答：“随便。”

春节好像彻底走远了，“若”与“离”分开太久，彼此相互牵念。我想我该是让她们重聚了，哪怕明天等待我的依旧是离别。有时候虽然也在想是不是真的改了名字命运就会发生改变？但固执念旧的我至今也未曾有过抛弃“若离”的念头，我愿辜负命运，也不愿辜负这个陪我八个年头的名字“若离”。不管这一生是否有个“若即”的到来，若离都会与我同在！

久违的风景

光阴荏苒，岁月蹉跎，不觉已是九月。秋天宛如宋词里的女子迈着轻盈的碎步，从残荷听雨的暮色中，深情款款而至。她婉约地站立在离我不远不近的地方，与我默然相望，许久我们也未曾说话，每一次凝望，眼中都饱含着晶莹的泪花。这泪与悲喜无关，只因懂得，深知……

清晨，习惯晚睡的我还在梦里流连。一阵久违的嘈杂声，很亲切地将我从睡梦中唤醒。我迷迷糊糊地瞄了眼时间，才九点钟，还早，睡意未醒，还想将未完成的梦续上。这刚闭上眼，窗外又喧哗一片，今天是什么日子啊？很久没有这么热闹过。或许是独守清寂久了，忽闻如此热闹的气氛，我像个生活在太空的外星人，对这个地球满怀好奇，我迫不及待地掀开窗帘，一道熟悉的风景映入眼帘。哦！原来是学生们重返校园了。是漫长的暑期结束了吗？我已经很久没有看见这些可爱的天使了！虽然从未与他们正面交流过，但每天我都会趴在窗台前，远远地望着他们，时间久了，自然就眼熟了。或许他们从未发现在某栋大厦的某间屋子的某个窗台前，时常有一双温暖的眼睛在默默地注视着他们，这双眼睛趟尽了江河泛满凉意，只有在凝望他们的时候，才有几许阳光在上面跳跃。

每天趴在窗前看校园的风景，是我一天中最幸福快乐的时刻。因为有了这所校园为邻，一颗疲惫的心瞬间也会变得年轻，那些泛黄的记忆，不知不觉中竟会长成一片绿荫。每每看到天真无邪的孩童，成群结队在阳光下蹦蹦跳跳，我这颗自认为苍老的灵魂，也会随着青春的旋律舞动。可每当他们的身影在我的视线里消失，我便像是丢失了自己的童年，再也找不回，心在这一刻莫名地惆怅失落。明明是回不去，可心中还是有那么多假如。如若时光可以逆转，我多想再一次回到儿时的梦里，将那些迷途的岁月从生命中永久地删除，让生命少些遗憾少些叹息。如果遗憾可以省略，叹息可以删除，人生是否就真的完美无缺？或许没有遗憾的人生算不上是个完整的人生。

“啦……啦……种太阳……”一阵悦耳的歌声打断了我的想象。这歌曲虽早被风晾干，被我遗弃在放学回家的路上，但它却有一种神奇再生的力量。当它在耳边再次嘹亮响起，我仿佛回到了故乡，正背着书包走在去学校的路上。这感觉既清新又古老。走在故乡的小路上，沿途有明媚的阳光为伴，快乐的小鸟落在我肩膀上欢唱，多么快乐的时光啊！当我从记忆的小路走回，夕阳正苍茫地落在空寂的校园中央。那些可爱的天使已经回了家，可他们的歌声还在校园里久久回荡。我在心里默默地哼唱着那首歌“啦……啦……种太阳……” 眼前的这抹残阳，突然间绽放万丈光芒，阳光下一群活泼开朗的少年，迈着整齐的铿锵有力的步伐，朝着梦想的方向奔跑。我看见了小时候的自己，正夹在他们中央，微笑着朝我走来。当我想去和小时候的自己打声招呼， 告诉自己要努力一寸光阴一寸金时，却发现那不是自己。那只是一道久违的风景，不可触摸，只能惦记。

不觉夜已深，眼前的风景也不断在更新。白天校园里处处洋溢着生机，晚上的校园却仿佛我此刻的心情般悠然沉寂。秋夜不见月朗星稀，也未曾感觉半丝秋的寒意。远处闪烁的霓虹不断变换交替，像位风情万种的舞女，将黑夜深深地吸引，一群孤独的灵魂聚集在霓虹下，舞动夜的狂潮与清寂。而此刻我心中最惦记的还是那久违的风景，片片暖阳，阵阵笑语……

Soulmate
SOULMATE

写爱与读爱

写，是一种意象与执念；读，是一种理解与欣然。

这些年我的文字一直与情感有关，至于被情感染成了什么颜色，你可以问天上的白云，答案就保存在它那里。

若要问我大千世界有那么多的主题可写，为何我的笔尖总逃不出情感，我自己也说不出所以然。或许我天生就是个感性之人，对于情感，骨子里比常人多了几根敏感神经；或许我这一生就是奔情感而来，为情感而活，与生俱来和情感就有一种心照不宣的默契。

写过无数缠绵悱恻的爱情故事，只可惜每次故事里的女主角总不是自己，就连自己的影子都不敢植入。怕只怕这悲情的影子享受不了阳光的妩媚，又怕满园的芬芳忽地变伤感。所以我只能躲在四季的背后，做一个谈笑风生的游客。

玫瑰园里的花，朵朵娇艳夺目。我知道没有一朵是为我而绽放，但我曾经努力地用眼泪为它们浇灌过，也不知道是它们负心还是我多情，竟没有一朵记得我！若当初我换种方式去对待它们，将其采摘，或许痛了，它们才会明白我的苦心，才会懂得感恩戴德。但我没有那样做，因为我认为用一个人的心酸去换取满园的芬芳，值得！你看那一朵朵，多红艳，多灿然，虽不是为我而盛开，但我也会送上我最灿烂的笑容和最真诚的祝愿！因为那里有我的血，我的泪啊！

爱过才会懂得！痛过才会明白！这世间没有纤尘不染的爱情，也没有至善至纯的友情。最善变的是人心，最不能自主的是爱情。若能获得一颗真心是温暖幸福，若为一个不懂珍惜的人而丢失自己的心，是愚昧痛苦。遇见了就要珍惜，放手了就别再痛惜。与其将自己囚禁在一段扭曲的感情中——痛不欲生，还不如豁达地将这段情放生——海阔天空。

爱是什么？爱是天上的虹、爱是山涧的泉、爱是江南的雨、爱是六月的雷、爱是荷池里娇羞纯情的白莲、爱是雪中争艳吐傲骨的红梅……爱是无尽的包容、爱是万分的理解、爱是默默的付出、爱是不倦的成全，爱是一种默契——心照不宣。

我衷心地祝愿，天下所有的爱情都能修成正果，所有的善良都能收获温暖，所有的纯美都能收获芬芳，所有的真诚都能收获阳光，所有的心酸都能收获浪漫，所有的温柔都能收获甜美，所有的

付出都能收获璀璨……

写爱，写出一段心酸与甜美；读爱，读出一份浪漫与心碎；写爱，写出一段芬芳与茫然；读爱，读出一份青涩与明媚；写爱，写出一段执着与眷恋；读爱，读出一份冷漠与祝愿！

冬夜以文字取暖

我知道冬天不会太漫长，即使风雪交融，那也只能算是一种流浪。若是心中凝了霜，情感隔了墙，我不知该如何将暖阳引注心中，该用怎样的画笔来雕琢这堵墙。

夜透着刺心的寒，紧闭门窗，将冬天拒之门外，以文字取暖，让游离的灵魂享受片刻的安逸与静美。

房间的灯光很亮，地板上的一根头发，镜子上的一抹灰尘……瞬间无法闪躲，那头发在未落地之前是那么柔滑俊美，只是当我发现它裸睡在地板上那失魂落魄的样子，感觉它离死亡不远，心中突有些小伤感。镜子上的那抹灰尘白天在我眼中是隐形的，一如心中有伤在人前也只能伪装，只有在属于一个人的空间里，它才会肆无忌惮地裸露滋长。尤其是在这样寒意绵延的夜晚，那些看似极浅极淡的心湖，刹那也会泛起涟漪朵朵。

躲在被窝里，手握一本小说，读着读着，感觉故事那个悲情的人就是我，忽觉鼻间一阵酸楚，再继续只怕是心又无法回头。放下了那本与我无关的小说，用文字释放我瞬间的失落。被窝里很暖，只是温暖不了一颗不归的心。说来也怪，心长在自己的体内，却时常因为某些人某些事，心会不受控而自伤自残痛不欲生。心是叛逆的，大脑只是它的军师，取舍全凭一颗心的抉择。我有时真想将心给挖空，做一个无心的人，当我剖开心门却发现自己的心早已丢失了，在体内跳跃的那不是心，是乱舞的刀剑，一不小心就锥心刺骨。

冬夜，寒风不曾越界，冰霜不曾侵蚀，心却寒栗不止。是因为左手难以为右手取暖？棉被无法为心加温？所以，我只能取篇篇文字来驱散内心的微凉。一个人的冬天，与风雪有染，与他人无关。用文字拼凑一个人的浪漫，一觉醒来春暖花开。

与黑夜站成一排风景

夜深了，窗外依旧霓虹点点。

一场无眠的雨，断断续续在这个城市哭闹了好些天。现在好像是累了，呼吸越来越脆弱。这喧哗声突然平息了，我心中倒是有些小小的失落感，因为这些日子我们相互勉励，谁也没离开过谁。我问雨为何突然离去，它说它不是因为累，是因为这个时候，再也没有人来倾听它的无奈与心碎。我很想告诉它，我一直是它忠实的听众，愿意与它共享每个瞬间。只可惜我来不及表达，它就拂袖离我而去，留下一片孤寂……

我倚在窗前，独自感受夜的清寂。窗外是一所学校，只是我很久没有听到校园里的朗读声，还有那飘着墨香的翻阅声。前些日子，每天早晨都会有不整齐的阅读声，如同嘈杂的音乐挤入我的耳膜，让我久久不能安睡。一层玻璃一袭窗帘，远远抵挡不了这气势磅礴的诵读声，无奈！我只好用耳机或者棉絮塞着耳朵，方能睡上一觉。我绝非贪睡之人，要知道我每晚都是熬到凌晨两点以后才睡觉的，有时甚至熬到天亮。用“熬”这个字似乎有些顽皮，因为根本没有人强迫我这么晚睡，明明是自己与自己过不去，才养成了这个恶习，能怪谁呢？都是我的错！辜负了阳光的明媚，抛弃了温柔的梦境！

怎么办？还是没有睡意。这些书都已经被我翻出了茧，再继续咀嚼已是索然无味。用音乐催眠在几个月前是可取的，时间久了这种方式就默默被淘汰了！找不到一个更好的方式让自己入睡。于是我又跑到窗前，希望能有新发现。

天空是神仙的地盘。如果能让我目睹一眼嫦娥的玉颜，或是听听牛郎织女缠绵的情话，我想那必定是一个神话般的夜晚。然而，我所求索的那股沾有仙气的景象，很快就被无情的黑夜给吞噬了。仰头望，天空如同锅底般漆黑，偶尔会有路过的飞机，眨着火焰般的眼睛，这大概也就是夜空中唯一的风景。

天空没有我期盼的风景，我只能将呆滞的目光投向大地。大地虽寻觅不到仙家的踪影，但它并非天空那般孤独。不远处站着一排排敬业的路灯，我这只夜猫子比起它们，自愧不如！我是否该以它们为榜样，并真诚地向它们致敬？还是该将目标从那里移除？天生就是个问题多多的女生，这大概就是职业病吧！喜欢提问，喜欢想象。问多了心烦，想多了头痛！写出来的东西自己看不懂！这是否就是所谓的无奈人生……

将目光从远处收回，眼前是一排受惊的树影。白天见它们个个盛气凌人，烈日炙烤不低头，风雨来袭抖抖神，有点视死如归的精神。只是到了夜晚，在无人出没的时候，它们才敢将内心的痛苦与忧伤一丝不挂地裸露。只是它们还是防不胜防，让我这个无心的夜人，偷窥了它们的心事。不过我绝非搬弄是非之人，我会为它们守口如瓶。它们总把阳光的一面展现给大家，心中的伤痛只有自己慢慢抚平。望着它们，我仿佛看到了另一个自己。只是我无法与它们并肩，因为它们太过高大伟岸，而我却是那么的弱不禁风。

目睹了一场夜的盛宴，与黑夜促膝谈心。我读到了失落，也读到了感动。

在人生的长途跋涉中，每个人都会遇到不同的风景，或灿烂，或阴郁……回首望，其实都是过程。唯有心情是无怨无悔的追随者，也是左右自己一辈子的克星。每个人都希望自己的人生是快乐的，可是又有多少人真正活在快乐中？

我常想，人来到世上为何要用哭开始他的一生？莫非真如佛家所说，人来到世上就是来受苦的？若人生真是一场苦难的历程，为何结婚生子还被列为人生中的一件大事？这不是在将痛苦延续吗？

我所理解的人落地为何要哭，想必是在奈何桥的那边有太多放不下的牵挂。然而，人类是个多情又容易忘情的个体，遇到美酒就贪杯，见到美景就流连。可怜！奈何桥那边无论如何撕心裂肺、肝肠寸断，也无法将一颗善变的心唤回！

夜，越来越深，心越来越沉！不知能否借窗外点点霓虹来粉饰太平……

冷月天涯

第一枚落叶不属于秋天，也不纯粹归于夏季，它如同一个来历不明的流浪者，生于秋天死于夏日。我所期待的秋，在夏妆未退尽前，就迈着忧伤的碎步抑郁寡欢而来。

秋天本是个丰收的季节，但在文人墨客的笔墨中，秋天宛如一位楚楚可怜的悲情女子，时而犹抱琵琶半遮面，时而一片痴心付流水。令人惆怅不已感慨万千！叫人爱也不得恨也不是！

秋意阑珊，秋色渐染。此时已至中秋，应是海上生明月，天涯共此时。可此时我独自天涯，明月却沉入海底，我放弃了打捞。在这月圆人两地的夜晚，我思念故乡的月和故乡的人，明明那么遥远可感觉却那么亲近，只是在我伸手触摸的瞬间，一切都成了泡影。守着一帘清辉，想起那决裂的转身，心中有恨却不敢吱声。怕明月笑我痴心，怕彗星笑我愚钝，明明是看透了，为何还不忍看轻？常将自己陷入进退两难的逆境中，何必，何必……

时间不愿给，明月不能分，还用什么来诠释真？月亮格外清新，如同我心犹见分明。这会儿它满载星辉，或许下一秒就冷葬花魂。世事无常这些我全明白，可我却要装作什么都不懂，才能换来虚无的太平。守着冷清秋，我的心恍如被秋水注满，忽觉冰冷疼痛，这种锥心刺骨的痛，若不是付出了真心，又怎么痛得如此透彻！

今夜的月应是圆又明，只是路过我这里就开始沉沦。我趴在窗前举目追寻，唯见一颗孤星忽暗忽明。有一种不祥的预感与我纠缠不清，我像是生了一场怪病，常昏睡不醒，视线模糊，偶尔还会头痛，更令人不安的是多次坐在电脑前，想写点什么竟半天都不知从何落笔。头脑昏沉只想睡，而且睡了就不想醒。我好害怕被文字抛弃的落寞，如若真有那么一天我识文字，文字不认我，我想我这一生也算是走到了尽头。

一篇短文折腾了半天仍残缺不全，这若是换成以前一定是信手拈来，何须这般愁煞？难道是我真的老了？还是心太乱太苦，无法理清太多的纠缠与不忍？一阵秋风拂过，令我睡意大增，这一睡不知又要睡到何时才清醒？如有那么一回，就这样睡着睡着再也不会清醒，那将会是一次快乐的远行……

心逐斜阳归离

一抹斜阳无心路过窗台，见我捧着书长吁短叹，它停下了流浪的脚步，凝视了我许久，然后又将目光徒留在书中，与我举案伴读。书中山峭、水湄、花飞、云柔……美得恍若隔世，只惜美好短如风在琴弦上飞走。来不及流连，一曲离歌在暮色里凄然奏响。黯淡了斜阳，愁煞了素阁里的秋色。

风卷散了停留在书中的风景，斜阳伤感地转身离去，未曾留下只言片语，只有离开前的那惊鸿一瞥，久久在我的双眸间百转千回。斜阳是时光里匆匆的过客，它不曾为谁停留，哪怕是花间一壶酒，哪怕是晓风残月拂红，都无法换取它的一回眸。有幸与它共读，虽一盏茶的工夫，但余香未尽，只当是同为天涯沦落人，倾了一回心，览了一回景。尽管此去已是楼台空空，但为了一次懂得、一次相敬，我愿心逐它去，脚为它奔，从此与它浪迹天涯，共寻书中的风景。

天生就是个多愁善感的人。一阵风起、一阵雨过、一袭残阳、一抹旧尘，都能令我泪如花溅。终日在文字里流连，这心儿啊！快被这尖酸刻薄、楚楚动人的文字给揉碎。

“读万卷书，行万里路”，在书里把风景都看透，因此现实中的风景也就被我打入冷宫，任它再妩媚动人，倾国倾城，也无法更改我给它判的死刑。与其说是囚禁了它一生，那囚禁的不也正是自己的影子吗？画地为牢，心中没有仰慕的方向，这脚步也就只能原地打圈。突然间，很想离开，虽然前路茫茫，但我却很羡慕斜阳能够独来独往，无牵无挂，天涯流浪。

探头窗外，目送斜阳归离，心中有些惨淡。最是离别断送的一刹那，愁肠寸断、心有千结。人生频频回顾，重复上演的也不过是悲欢离合、生死离别。或悲或喜，或离或聚，或生或死，到最后还不是一抔黄土掩风流，两行清泪对如流，留下什么？又带走什么？空问！空叹！空绝！奈何！奈何！岁月经不起蹉跎，人心经不起蛊惑。

莺飞草长、策马江湖，应是我梦境中的家园。只赖我无能穿越千年古道，无缘与那佩戴利剑的英雄共赴一场花期，续一世传奇。

黑暗幕天席地卷走了斜阳无奈的背影，也卷走了我幽兰般的心，心逐斜阳归去。今夜，我是渡口那不靠岸的小舟，心丢失在江心，泛起涟漪朵朵。今夜谁是这渡口的过客？在我水墨飞溅的眼眸里，凝落成一段微波粼粼的诗歌。

秋夜絮语

自古文人悲秋，我将自己归类于半个文人不知是否得体？一直对秋天就有一种难以表达的情结，这种情结或许与秋无关，与情更是两不着边。但不知道为什么，心灵的秋天来得唐突，九月绿意未褪，心中却已是落叶纷飞。

秋天应该是金灿灿的，令我百思不得其解的是，这些奇怪的叶子颠覆了以往的风格，用绝望的黄涂改了秋天的浓艳。落叶是秋天一道毋庸置疑的风景，忧伤得美丽，决裂得有骨气，最能碰触人心的是落叶上凋零的诗句，诗句里有个痴心的自己与一个冷漠的你。

很久不曾写诗，或许是因为心中空无风景，也或许更多的是因为工作与生活等等，一些看似俗不可耐却又无法撇清的零零碎碎，让一颗安静的心开始变得不安静。因为心不静，文字自然无法生根。

我时常在拷问自己到底要成为怎样的一个人？是一如既往坚守骨子里的冷傲，做个像冰一样的冷面人？还是勇敢改造自己将一切归于平淡，每天只关心粮食与蔬菜？如果可以过着诗中那面朝大海春暖花开的生活，也是不错的选择。只是我已离开了那个有海的城市，如今我每天站在三十多层的高楼上望江，江水悠悠一如我心幽幽。秋天花开缓，我将家里每个角落都插满鲜花与绿叶，只为让枯黄的心感到春天的存在。这种山寨版的诗意生活，只为取悦自己？不幸的是，我很难发现那个活在诗中的自己。

秋凉了，为自己添一件外衣。站在阳台上纵观万家灯火，处处灯火辉煌，只是没有一扇门窗是为我而敞？不知那些温暖的灯光里是否藏着温暖的故事？这个城市有多少人也像我一样自己为自己加温？一阵冷风来袭，我不由打了个冷战。天气转凉了！我轻轻推上玻璃门，顺手将帘子拉上，将所有与我无关的风景拒之门外。为自己煮一壶暖茶，让受凉的心在茶的故事里感受春暖花开。

秋天的最后一次回眸

今秋绝非往秋，此景非同彼景。

武汉的秋天很像秋。叶子在该黄的季节黄了，露珠在该晶莹的时候晶莹了，阳光让我感觉到了温暖，风儿让我感觉到了寒意，我在适当的季节穿上了适当的衣服……这些自然现象在深圳却是很难在恰当的季节得以舒展的。一样的季节，不一样的心境。因为地点不同，气候与心情也大不相同。

明天立冬，好像还有很多话应该在秋天说，却未发出声音。原本以为秋天会赋予我一个金色的梦，这梦或许是理想，也或许是爱情，或许只是一个莫名的念想。若说理想，金秋十月，我的新书问世了，这算不算是理想的万分之一呢？若说爱情，它曾经也如同秋天的硕果般金灿过，只是果子丰收了，爱情凋落了。偶尔间的莫名失落、莫名忧伤，以及没有来由的牵念和无数次的独自傻傻发呆，这些独享的瞬间，算不算是一个个小小唯美的幸福呢？

冬天的到来，意味着秋天的离开，四季转眸，仅剩最后一个期盼。这个秋天，我第一次感觉秋的到来，应该是九月的中旬。隔着透明的玻璃窗望着灰蒙蒙的天空，不敢肯定天空的颜色与气候是否成正比……观路上行人着装，我找到了答案，他们身上厚厚的外套预告着深秋的寒意。在深圳生活久了，受城市气候影响，我学会了抵御寒冷，而且在深圳我还养成了一个四季都不穿袜子的习惯。曾经有一个北京的朋友笑我："你这一年到头都不穿袜子，可以节省一笔开销，不过如果每个人都像你一样不穿袜子，那袜厂就要关门大吉，会导致很多人失业哦！"我抿嘴一笑："不是我拒绝袜子，是这个城市不需要袜子。"多年后的今天不正验证了我曾经的那句话吗？来武汉后，我的双脚与袜子开始暧昧。

今晨出门，寒气袭人。来到办公室，一抹暖阳透过窗台正落在我的身上。办公桌上的台历醒目地进入我的视线，我在心里惋叹："这是秋天的最后一天了！"我有些小小的伤感与怀旧。坐在电脑前，翻读了以前写的博文。每一段文字都是一段记忆，每一段记忆都是一段珍藏，文字虽轻但意义深刻。以前写的那些博文，很早就都被我设置为私有了，或许是因为以前文字的青涩，也或许是不想过多裸露自己最真实的内心，所以我选择了独享。在某段时光触摸过往的灵魂，总会读到一些感动与怀念。秋天的最后一次回眸，我看见了那个率真的自己，没日没夜地趴在电脑前写博文。那个时候的天空是明亮的，那个时候的大地是充满希望的，娇羞的笑容在青涩的文字里孕育着诗的生命。我爱曾经那个不懂怀孕，却努力怀着诗歌的种子的我。虽然很多时候写诗只是一种自娱自乐的行为，但我很开心很认真。

夕阳归去，秋天的生命开始了倒计时，对于一个爱秋之人来说，一切过于匆匆。时光不可复制，人生不堪回首，尽管秋天明年还会再来，但并非每个秋天的故事都值得追忆。

第 ㊄ 章

温暖人间

温暖人间

那个冬日的黄昏，冷风阵阵，落叶飘零。有位年迈的老父亲守在故乡的路口，不时地朝村子外张望，在他那深邃而充满期待的眼神中，不难看出他像是在等待一个人的归来。眼看天色渐渐暗下来，路上行人稀少，村子里隐约可见橘黄色的灯火亮起。老父亲自始至终保持着一种温暖的姿势——双手用力撑着拐杖，看他那微皱的眉头，想必这双拐杖给了他行走最大的力量，尽管老父亲姿势很整齐，但他的背部已形同山峰，很难与双腿站成一条直线，风很有节奏地卷起片片落叶，也卷乱了老父亲的丝丝白发。

“爷爷，天都黑了，外面风很大，咱们还是回家等伯伯吧！”说话的是一位眉清目秀的少年。老父亲将目光从远方缓缓收回，用他那爬满皱纹的老手拍了拍那少年的手腕，低声说：“孩子，你是什么时候来的？这儿风的确很大，你别冻着，你赶快回家，你伯伯他昨天在电话里说是今天傍晚到家的，我再等等他。”那少年没有离开，只是很坚定地说了一句：“我陪您一起等！”说完他站在爷爷的左边，挽着爷爷的胳膊，风这会儿转换了位置，开始在少年浓黑的发间清唱。老父亲忽感到无比的温暖，这种温暖是从心底由内而外的。

陈波同志将车窗打开了十厘米左右的空间，双目透过车窗深情地与故乡的一草一木、一砖一瓦叙旧，此时的故乡是沉默的，一如他此刻的心情，有千言万语却哽咽在喉咙里，他在心里一遍遍地重复着：故乡我回来了！生我养我的故乡！岁末的寒风像个无家可归的孩子，拼命地往车窗里挤，吹乱了陈波同志的头发，吻伤了他沧桑的脸庞，也瞬间触动了他归来的心！

此情此景让他想起了多年前回家的情景。陈波清晰地记得那是1997年初，也是农历腊月三十。不到四十岁的他虽是厅级干部，但因平日工作繁重，几乎抽不出时间回老家看望体弱多病的母亲。尽管工作的地方离老家只有两三个小时的路程，但一贯作风清廉的他，对工作勤劳勤恳、大公无私。他没有自己的私家车，也从不因为自己的一些私事而动用单位为他配置的专车，所以想回趟老家并非那么容易，记得那次大年三十回老家还是搭乘一个亲戚的顺风车回去的。到家后的那一幕陈波同志至今记忆犹新：年迈的父亲围着围裙忙着做年饭，体弱多病而失语的母亲坐在轮椅上亲切地望着陈波，她忽然惶恐地用她特有的语言叫个不停，这使得陈波同志心有不安，他不知道母亲此刻的表情为何会如此异常，还是父亲比较了解母亲，便为母亲翻译：原来是母亲发现陈波头上长了一根白头发。陈波同志忽觉鼻尖一阵酸楚，他愧疚地蹲在母亲面前，抱着母亲，泪如泉涌！想到这里，陈波同志不由在心中感叹：时间过得真快！如果母亲还在，我好想亲手为她梳一次头发，打水为她洗一次脚，可是我亲爱的母亲已永远地离开了我们，我这个小小的心愿在母亲身上不能完成，但愿有生之年能将这份心愿在父亲那里得以实现……

当车子经过年迈的父亲身前，陈波同志不敢朝父亲多看几眼，更不敢下车与父亲相拥哭成一片。从父亲那饱经沧桑的眼神里，他读到了温暖与心酸！他很想冲到车外蹲在父亲面前喊一声：爸爸，儿子回来了！可是他不能这样做，他怕这血浓于水的亲情太沉，怕已是风烛残年的父亲承受不起重聚时的那份感动！那晚陈波同志亲自为父亲打水洗脚，完成了在母亲身上不能完成的夙愿。为父亲洗完脚后，他背父亲上床，与父亲并肩同睡一张床，父子俩手牵着手，相互交心。也许这是今生与父亲最后的一次同床共枕，他珍惜与父亲在一起的分分秒秒，听着父亲的鼾声他才安心入睡。此时窗外冷风飕飕，屋内却温暖如春。

长青印象

五月，一个风和日丽的上午，我受朋友之邀同往长青建设集团，有幸结识了该集团董事长——建筑界赫赫有名的齐耀宏先生。

一路上朋友轻描淡写地谈起齐耀宏先生是如何的豁达耿直，因我与齐耀宏先生素未谋面，再加上彼此职业的悬殊，所以当时我对这位公认的优秀企业家甚是淡定。朋友们还在相互赞美，听上去有点虚，但美好的语言总归比较养耳养心。我这个活在自我世界里的痴人，这一路上所发生的一切好像与我无关，他们的交流并没有影响我欣赏沿路美景。当朋友谈起齐耀宏先生的酒品，说起他真诚待人的种种典故，我的情绪略有小小波动，我被他的这种真性情所震撼，虽然我与酒无缘，但也知道江湖上流行这么一句“酒品如人品”。刚才我还是若无其事的样子，这会儿还真有了一睹这位传奇人物的真风采的期望。

大约四十分钟，我们的车子停在了长青建设集团门前。这是一栋现代化的办公大楼，环境优雅，风景旖旎。迎面巨大的景观石上，镌刻着“长青建设集团”几个毛体大字，进入院内，中心花坛桂花葱郁，三面旗帜迎风飘扬。据说公司每逢节庆日，景观瀑布便会开启，霓虹闪烁、金鱼遨游，更是赏心悦目。

迈进长青大厦大厅，最先入目的是一尊毛主席豪情万丈地挥手的铜像。我虽没见过毛主席，但他却用最和蔼可亲的笑迎接着每位来宾。这也许是企业家对这位新中国的缔造者感恩至深，饮水思源吧！

经过一道电梯，我们来到了齐耀宏先生办公的地方。走进这间古色古香的办公室，我怀疑自己是从古代穿越来的。这里的每一道风景都优雅别致，尽显唐风古韵。我很喜欢这种古朴怀旧的风格，也很享受这种穿越时空的气氛，我在心里由衷地敬佩这间办公室的主人，他在这个喧嚣的世俗中还能坚守这样一份清雅与宁静。

在朋友的引荐下，我有幸结识了这位载满传奇色彩的人物——齐耀宏先生。他貌若其人，衣着得体、精神抖擞，最难能可贵的是他待人亲善诚恳，无半点老板谱。当下社会，是个爱装腔作势的社会，很多顶着老板头衔的人物，胸无点墨就是爱装爱摆谱。齐耀宏先生凭借自己的勤劳与智慧，脚踏实地、饱经风霜、历尽磨难，把事业做大做强，自己却还是一副普通劳动者形象。据说他每天在食堂排队吃饭，与普通职工无异，这就更让我敬佩了。

齐耀宏先生很热情也很好客，在他的引导下，我们参观了长青集团各办公景点，每处景点让人赏心悦目回味无穷。临走前每人还获得了该集团赠送的一套文学宝典——《长青之路》《长青之家》。细细品读，那不仅仅是文字，而是长青人汗水与智慧的凝聚，是企业多彩文化软实力的一个缩影。

“一支竹篙耶，难渡汪洋海，众人划桨哟，开动大帆船。一加十，十加百，百加千千万……”走进长青集团，我们感受了众人划桨开大船的豪气，感受了五湖四海一家人的氛围。一个人住的是房子不叫家，两个人在一起是小家，三五成群在一起是大家，在这个世界上除了小家大家还有一个家，他的名字叫“长青之家”。家有兄妹千百人，团结友爱、相敬如宾、齐心协力，携手共建长青集团美好的明天！

生命中的感动

来武汉一晃已是一年多了！这一年感觉像是在混日子，终日懒懒散散无所事事。虽然心中也曾立下了无数个想法，但想法终归是想法，离现实还是有差距的。来武汉最大的收获是结识了一帮品德高尚事业有成的优质朋友，我这个势单力薄的小文人能与他们交往实属高攀。最令我感动的是我这个寒酸的小文人，非但没有被他们忽视，反倒都给予我莫大的鼓励与支持！我在心里感激他们给予我的种种关爱与帮助。一直想写篇关于感恩的文章，但总因一些零零碎碎的琐事让心无法得以安静，搁笔许久突感笔触生涩，心中有千万感恩，却找不到合适的词句来表达！这种词不达意的事是常发生的，别以为作家就真的能信手拈来地作出锦绣好文章，其实作家也有枯笔的时候。

我来武汉是同村的一位胡大哥引荐的，在我小的时候就听闻他的大名，乡亲们都说他是咱村很有钱事业做得很成功的人。那时候金钱诱惑不了我，我觉得每天有糖果有冰棍吃就是幸福！于是当乡亲们在谈论谁最有钱时，我只关心明天上学能不能吃上一根两毛钱的冰棍。2013 年在深圳认识了胡大哥——胡电铃同志，还是一位深圳的黄梅老乡引荐我们认识的，因为我与胡大哥同村，他姐姐又嫁给了我自家的一位堂哥，所以我们以兄妹相称，后来到武汉认识的这帮朋友也以此相称。胡大哥其人宅心仁厚、乐于助人，且很有智慧。他常常调侃自己是"半个文人半个商人，半个君子半个痞子"。从这四个"半"来看，几乎男人的优点与缺点他都有，一个人如果全是优点会给人距离感，如果全是缺点也不真实，只有优点加缺点才等于完美。或许这世上根本没有完美的人，有的只是高尚的灵魂。与他交往后才知道当年大家为何会如此崇拜他，并非是他有多少钱，而是他的人格魅力值得大家去敬仰！

来武汉后胡大哥不仅在我的文学道路上给予大力支持，他还将自己所有的朋友都引荐给我。在大家的帮助下，我来汉的第二个月成立了若离文化工作室。胡大哥的高中同学——房地产界大亨九坤集团董事长许记坤先生，给我提供了免费办公的地方，并且为我配置好所有的办公家私与办公工具，让我零投资零风险当老板。许总的仁义之举很是让我感动，在工作室成立的第一个月，为了照顾我初期创业的困境，九坤集团的宣传册便交给了若离工作室来做。像九坤这么大的一个集团让我这么小的一个工作室来为他的公司做宣传策划，我是又感激又有压力！我心里很清楚在武汉有很多规模还不错的广告设计公司在争取做这件事，九坤集团将这件事交给我来做，完全是出于对我的照顾。虽说这只是一个小小的订单，但意义重大！许总平生乐于助人、积善成德，参与了很多公益活动，深受大家敬仰与爱戴。胡大哥用八个字总结了许总的一生：勤劳、智慧、谦虚、谨慎。多么质朴而高尚的八个字啊！我在心里由衷地感动，真诚祝福九坤集团的明天越来越美好！

来武汉虽然时间不长，我还没有完全将自己融入这个城市，但这个城市却早已向我敞开心扉。在胡大哥的引荐下我有幸结识了他的另一位高中同学——建筑界大佬长青集团董事长齐耀宏先生。初次拜访齐耀宏先生是随胡大哥许总他们一起登门的，齐耀宏先生待人热情诚恳，脸上总是洋溢着亲善的笑容，或许是因为一份乡情，也或许是他与生俱来的亲和力，与他交往总能不经意间感受到一种无比的亲切感。在齐耀宏先生的陪同下，我们参观了长青集团的办公区，每一间办公室都布置得清新别致，就连每条过道都整理得井井有条。最醒目最有诱惑力的还数会议厅里那一排排金光闪闪的奖杯：黄鹤杯、楚天杯、建设杯等等应有尽有，让人目不暇接。我看着很是动心，但又有谁能领悟到每个奖杯的背后付出了多少努力与用心！在会议厅我们阅读了长青集团的内刊与报纸，齐总还赠送我们每人一本大气磅礴《长青之路》，该书是为了纪念长青建设集团成立三十周年而编写的，里面的文稿大部分是内部员工所写的，员工们通过文字回顾自己与长青集团一起成长的日子，感悟人生、感恩生命！感谢长青集团以及齐董给予他们的关爱与照顾，让每一个普通的员工都过上了幸福的小康生活。从那些平实而真诚的文字中我读到了一种伟岸与感动！一个十八岁闯世界的小泥匠，能将事业发展得这么成功，其中的酸甜苦辣与勤奋艰辛并非每个人都能承受的！他做到了！尊敬的齐董！我们向您致敬！并由衷地祝愿您事业长青！生命长青！

作者与胡总、许总、齐总三位优秀企业家合影

来武汉的这一年我结识了很多良师益友！他们都给予了我很大的鼓励与支持！今天我就不一一点名了，我真诚地感谢我的朋友们！是你们的大爱让我看到了明天与希望！人生因相逢而美好！生命因付出而感动！

父母心

端午节的前几天，母亲给我打电话问我是否回老家过节。我还没来得及回答，忽闻电话的那头传来父亲的声音：“女儿要是忙，你就别逼她回来。”接着是一声沉重的叹息声，从父亲的叹息声中我能深深体会到他内心的那份期盼与感慨。这些年我一直在外漂泊，很少有时间回老家陪父母，以前不回家总会找个冠冕堂皇的理由说是路太远，去年我从深圳回到了武汉发展，武汉离老家黄梅只有两个小时的路程，要是现在再以路程远为由的确是说不过去。是有些时候没回家了，心里甚是挂念我亲爱的父母。当我在电话里说要回家过端午节时，我第一时间听到的是父亲的声音：“回来就好！回来就好！”

我是在端午节的前一天坐一位朋友的顺风车回老家的，朋友为人十分真诚也非常客气。他送我到家时刚好赶上了吃午饭的时间，父母见我下车满脸洋溢着温暖的笑容，可当我的朋友从驾驶室走出时，父亲的脸色瞬间就转换了天气，如果说刚才是晴空万里，现在就是乌云密集。出于面子，父亲还是留我的朋友共进午饭，朋友非常爽快地答应了，并从后车厢里提了不少礼品塞在我手中，很小声地对我说："这些就当是我替你孝敬你父母的。"我当时听着心里怪酸的，心想你凭什么替我孝敬我的父母？但转念一想又觉得是自己不够细腻太不懂得父母心。往年在外难得回一次老家，即使回来也几乎是两手空空，每次离家前会丢一个红包给父母，因为我觉得任何物质都不及钞票实用。现在想想都是我的观点有问题，像钱这玩意有时候是没有价值的！更何况父母一生勤俭节约，就算是送他们一座金山，他们也未必就能感受到其中的快乐与幸福。我忽然觉得朋友的这些礼品很有实质的意义与价值所在，我回身朝他抿嘴一笑，他也回了我一个会意的笑容。

母亲做了满满的一桌菜，看上去有点像过年的味道。父母、我，还有我的朋友，四人各坐一方。可能是母亲做的菜太诱人，或许是我真的饿了，饭桌上我们说话的内容我完全想不起来，只记得母亲对我的朋友说了句："在这里别讲客气！粗茶淡饭随便吃。"朋友他是个走南闯北胸怀大志之人，平日里再大的场面他都能应付自如，今天在我家这个农舍他倒是有些拘谨。他只回答了一个字，"嗯"，然后埋头吃饭。我们四人就他吃的最少，也是他最先吃完的。这哪像他平时的风格，一个血气方刚的大老爷们，原来也有如此腼腆安静的一面。

饭后，我坐朋友的车子去县城办点事情。临走前母亲很亲切问我晚上是否回家吃饭。父亲站在一旁没出声，他用很困惑很不安的

作者的父母亲

眼神看着我上车。我朋友是个明白人，在车上他说："从你父亲的眼神中可以看出，他是对我不放心，看着他老人家如此为你担忧，我是又感动又自责。"父亲虽然没有说话，但我知道他在想什么在担心什么？要是换成平常，饭桌上他一定是有说有笑。今天我带着一个陌生男人回家，从我进门到离开，他都没怎么说话。还是朋友心细，他提醒我发条信息给我的父母，希望简短的信息能缓解下父亲心中的那份沉重！

孩子长大了总是要离开家的，做父母的总是为子女一生牵肠挂肚。我单身吧，父母总盼着我能有一个好的归宿，当我身边出现了一个人，他们又担心这个人对我不够忠诚。或许这就是做父母的心吧！孩子再大在他们心里都是孩子，需要呵护！需要一个避风的港湾。我很感恩我有这么一对朴实无华而让我感到骄傲的父母亲，虽然他们给不了我们上流的品质生活，但是他们含辛茹苦抚养我们成长，还有对我们那无微不至的关心与永不打烊的爱，足够我们享用一生，感恩一世！亲爱的爸妈！我爱你们！前三十年是你们在为子女奔波，剩下的几十年就请交给子女来孝敬你们！我真诚地祝愿你们能有一个幸福的晚年！一个健康的身体！这比什么都重要，真的！

零零碎碎

立冬的那天是风与云的天下，阳光死去了。那天我醒得早，六点钟就睡意全无。每天从床上爬起的第一件事情是拉开窗帘观察外面的世界，期待路人的经过，路人的着装是我独家发明的气温表，看他们穿多少以便于决定自己今天该穿哪些衣服。不然要是穿少了，我宁可冻着也懒得回家拿衣服，因为三十多层的高楼是需要时间与耐心往返的。若是穿多了好处理，脱掉，或是躲在办公室里用空调降温。

今天风和日丽，是立冬以来天气最好的一天。前几天比冬天还要冬天，因没备过冬的衣服，我这个只追求风度不要温度的臭爱美，终于向冷空气投降了。那几天，有几个下午我都是赖在家里的，开着暖气还觉得冷，坐在沙发上还得用毯子盖着膝盖，瞧我那怂样，披头散发、面黄肌瘦的，裹着毛毯窝在沙发上，像个未老先衰的婆婆，横看竖看都不像我，若是让你来认，肯定没人能认出来那是我，因为我自己也没有认出来。

遇上了好天气，我的苦日子算是熬到头了。今天很早就出门，头等大事是去理发店整理三千烦恼丝。这个理发店规模很小，理发师全是歪瓜裂枣的“帅锅”（帅哥），到这样的理发店弄头发就别指望有什么惊喜了。我每次来这里洗头发都是迫于无奈，因为这附近就只有这一家理发店。谁知这家店还常常爆满，有时候还要排队等上好半天，我真是恨死了这些没有品位的顾客怎么那么没有水准，全武汉难道就只有这一家理发店吗？要知道我来这里洗头发是很无奈的，在这里洗了半年头发，没有一次是我满意的发型。近水楼台先得月，没得选择是多么的痛苦啊！

以前从不懂网购的我，来武汉后学会了网购。在深圳多年，我知道在哪些地方可以买到自己喜欢的衣物，所以购物很方便。来武汉后，在朋友的引荐下光顾了几家商城，但是很难发现自己喜欢的风格。连逛了几次都空手而归，我便对商场购物失去了信心，于是将目光转移到网购。网上商城的商品无奇不有，而且 24 小时都不打烊，我有时就是逛到眼睛发胀也淘不到一件心仪的商品，因为商品多所以选择多，选来选去眼睛都挑花了，到最后要么放弃，要么随便拍下一件商品来慰藉双眼。

在武汉最大的乐趣是阅读。都说阅读能使人进步，不过我近期发现阅读多了，在写作的时候容易患恐惧症。比如在写作的时候，脑子里通常会瞬间闪过一段绝妙的段子，我却不敢肯定这段子是我的首发原创，还是我在某本书中借鉴来的。每每笔下生花，我都心

生猜疑。为了鉴别句子的版权是否属我所有，我经常将自己写的某句话去百度里搜索句子的出处，若是搜不到同样的句子我才敢放心使用，倘若真是借鉴了他人的名言，理应注明，这是对原作者的尊敬！也是对自己的一种尊重！

天生励志郭敬明

我想不起郭敬明这个励志人物，是什么时候在我心里开始留下辉煌印迹的。多年前只模糊地听说他参加了个“新概念”作文比赛，好像得了个第一名，后来写了几本畅销青春小说，再后来写了更多更好的小说，后来的后来他把自己也写进了小说里，最后他用镜头将无数个渺小而骄傲的自己放大搬到荧幕上，感动了亿万个叫青春的少男少女。这些如同梦幻般的传奇人生，让人们只羡慕着他的璀璨，谁曾去掂量传奇的背后隐匿着多少凄风苦雨的曾经。

在我的人生未与文字结缘之前，郭敬明这个名字在我心里如同隔着千山万水遥不可及，因遥远所以容易淡出视线。那时我只知道在这个魔幻的星球里他是一颗会发光的星星，在某个黑暗的日子，我也会仰望星星，只是星星至今也不知道我的存在！然而我并不悲哀，因为我相信有星星的地方就没有黑暗。我期待着有那么一天，自己也能变成一颗会发光的星星，让世间多些明亮。假设那只是一个梦想，我希望在黑夜的尽头，迎接它的是新生的曙光。有梦想就有方向，尽管前路漫长……

几个月前为了将自己那堆废文变成铅字，在某出版社一位领导的引荐下有幸结识了出版界最具影响力的黎总与赵总，在那间简雅的办公室的墙上刻着“做人·做书”几个简短而载满力量的方块字，在那里，郭敬明与众位我喜欢的作家照片都被挂在了右墙上。见到自己喜欢的作家，虽然只是照片，心中还是有些小激动，我不由自主地向黎总打听郭敬明与贵社的关系，并希望黎总能引荐我认识郭敬明。原来郭敬明是长江文艺北京图书中心的副总编，黎总还笑着告诉我要是把文章写好了，郭敬明才会见我。说真的其实我很多年前就不追星，但我却不得不承认不知什么时候，郭敬明竟成了我心中唯一的偶像，要不然怎么会有想认识他的冲动，为了早日能与唯一的偶像见面，也为了自己遥远的理想，我一定不会辜负黎总的一番鼓励。

从前只读过郭敬明写的那些沾满着青春色彩的唯美小说，前些日子也是因为自己诗集出版的事去了趟武汉，在武汉的文华书城最醒目的位置，无意间发现了郭敬明的新书《愿风裁尘》，特想一睹为快的冲动促使我闪电抢购了那本厚重的散文集。因那本精美的散文集用了封皮，再加上自己有些小忙，所以在我拥有那本书后很长时间都没有去拜读。直到昨天我才想起了那本千里迢迢带回来的书，我小心翼翼地拆开封皮，自翻开书的第一篇文章，我就被他那真实且感性的文字吸引了，准确地说，应该是被他的成长故事感动了。在他的小说里我只能读到他的影子，而在这本散文集里我读的是他

的心他的魂和他真真切切的情感人生。我们看到的永远只是他风光的一面，然而在风光的背后，曾埋藏着多少不为人知的沧桑与孤独。他曾经走过的路正是我今天的起点，他曾经很多的故事我都感同身受。写作道路是艰辛的是孤独的，喜欢写作的人是善感的是多愁的，更多的是知性感性且疯狂痴癫的。

读完郭敬明的散文集《愿风裁尘》，眼睛有些潮湿，说不出所以然，反正就是想哭，这眼泪中一半是受他感动，另一半大概是为了自己吧！在网络里听到很多读者评判的声音，说小四越来越物质了，以前那个清新的小四被物质腐化了。其实我很想说用自己血泪换回的劳动成果是晶莹剔透的，辛苦了那么多年适当享受安逸有何不对？至于对那个瘦小而伟岸的背影指指点点吗？小四，我喜欢你的文字，更喜欢那个为理想永不止步的奔跑者——郭敬明。有人天生丽质，而你天生励志！

雷锋精神为何「绝迹」

前些日子，我用一个笔名写了一份关于弘扬雷锋精神的文章，并投给了媒体。希望通过媒体来号召全民，学习雷锋助人为乐，全心全意为人民服务的精神。稿子投出几天，结果石沉大海。后来我又用另外一个笔名，简短含糊地透露了几句，关于某某网络红人的私密信息。在我稿子投出后不到一个小时，就有媒体回复，希望我能透露点详细红人的私密，并承诺只要消息真实，稿费绝不会亏待。说真的，我从来就没有真正地去关注任何所谓的红人，甚至连有些名字都很陌生，何来关于她们的私密信息呢？我发此假讯给媒体，只想知道当今时代的主导色彩是什么？人类骨子里的精神又发生了怎样的变化？两份不同色彩的稿件，为何会有如此强烈的对比？这样的结果也许并不出乎人意料，只是比我想象的还要糟糕。更荒唐的是昨天我登录邮箱，收到了某媒体的回信，信上这样写的："你的文章写得很感人，内容也很新颖，只是雷锋的故事已不再新颖感人了！如果你将自己对雷锋的那份态度，转移到娱乐八卦类，相信你敏捷的思维，优美的文笔，会给你创造更多实质的财富。”哎！时代的悲哀！英雄没人理睬！娱乐竟成了崇拜！关于当今的娱乐圈，我从未发过言。因为我一直是用娱乐的态度，去对待娱乐圈，所以我保持沉默。

雷锋同志是中国家喻户晓的全心全意为人民服务的楷模、共产主义战士，在他短暂的生命里，谱写的却是无尽的赞歌与传奇。这么优秀的同志，可老天只给予他短短二十二年的光阴，这对于他来说是不公平的，但他却又是幸运的。幸运的是他正好赶上了那个英雄时代。在那个时代，英雄深受人民敬仰，因为有了人民的拥戴，英雄才会舍生取义地站出来。比如说黄继光、董存瑞等英雄人物，他们为祖国献身，祖国也将他们铭记于心，并将他们的英勇事迹列入教科书，激励着一代又一代炎黄子孙。如果雷锋生在当今这个时代，如果他还常在人间，也许雷锋这个名字并不会像现在这么如雷贯耳，更不会影响整个中国。虽然每年的 3 月 5 日，也会刮起雷锋风，但只是一瞬间的事情。各大媒体以及大大小小的网站，在那天只要是与雷锋有关的文字都会列入头条，如此气势可谓是波澜壮阔，可又有多少是出自于真诚呢？是为了履行遵守毛主席定的雷锋纪念日，还是一石二鸟之计，借弘扬雷锋精神，来树立自己的形象呢？留给我们的只有一排排长长的问号和感叹号。

其实现实生活中也有很多雷锋式的人物，只是他们被人们忽略了，就算偶尔侥幸被发现，形式地被报道几次，但很快又会如同气体在人间蒸发，被人类忘记。也许是因为他们平凡简洁，所以不会引起人类关注，更不会像雷锋同志那样轰轰烈烈、永垂不朽。英雄

从来不问出处，平凡之中显真勇。雷锋同志不就是从平平淡淡的岗位走出来的英雄吗？不是雷锋精神已经绝迹，是人类忽略了这道美丽且壮观的风景。假如眼前有一片花海，抢尽风头的只会是那些娇艳欲滴的鲜花，而那些绽放在阴暗角落里的花朵。尽管她们很努力地绽放，为自然增添无尽芳香，将阳光和雨露奉献给别人，换来的也终究是孤芳自赏。因为人们习惯以貌取人，而做不到用心去解读一个人。

朋友

下午歪在沙发上，随意翻看了手机通讯录，看完愕然一惊，一直以为自己是一人一世界，一叶一菩提，却不知自己原来还有这么多的朋友！为证明自己不是处于昏睡状态，我从沙发上翻起，将这些熟悉又陌生的号码，从头到尾细细再怀旧一遍。发现我的好友个个都是优质良民，个个都是业界精英，这其中有意气风发的企业家，有博学多才的智者能人，有德高望重的领导前辈，还有当今知名的社会名流……当然还有我的亲人和同学等，就不一一道来了！

看完这些通讯录，我知道自己为什么会越活越孤单，越活越狭隘了。因为朋友们都太强势了，我这么文弱，哪敢和他们并肩而立。为隐藏自己的渺小与自卑，所以我常将自己隔离起来，以自我为中心，活在自我的世界里。外面的世界有多精彩有多无奈，好像一切与我无关。天崩塌我不会躲，地塌陷我不会逃，不是我不怕死，是我觉得死比活着好！活着一个人孤孤单单，死了整个地球都为我陪葬，何乐不为呢？别以为我是在幸灾乐祸，我说的都是大实话，我这些大实话也只会对朋友说。如果你害怕了，你可以选择逃亡，只是逃跑了就别再回来，逃兵是不受欢迎的！逃兵到我这里只有死路一条，请放心，朋友一场我不会赐你毒酒，我只是让你从此在我的世界里消失。是不是觉得我这个人太偏激，太冷酷，太无情，太没人情味，太爱走极端……简直就不是个人，错了，应该是不像个女人，实在是有负于老天的缔造之恩。这样的思维逻辑，如此的不理性，根本不符合一个文人的标准。活该如此落魄！这么多年连片言问候都不奉上，不知是你们的过，还是我的错。就这么冷着冷着，留下一串阿拉伯数字，蜗居在我的手机里，不吵不闹终日睡觉。

牢骚发完了，玩笑也点到为止，再闹下去无味无趣，损人害己。嘻嘻……敬请谅解！谁叫你们是我的朋友呢？

朋友就该直来直去，不走歪路。真正的朋友是一种相互认可、相互仰慕、相互欣赏、相互感知的过程。对方的优点、长处、亮点、美感、都会映在你的脑海，尽收眼底，哪怕是朋友一点点的可贵，也会成为你向上的能量，成为你终身受益的动力与源泉。朋友的智慧、知识、能力、激情，是吸引你靠近的磁力。真正的朋友，不依靠事业、祸福和身份，不依靠经历与处境。它是独立人格之间的互相呼应与确认。它使人们独而不孤，互相解读自己存在的意义。朋友之间是至简至真的，会站在比朋友更高的一个位置与之相处，不会对朋友有所求。因为一旦有所求，“求”也就成了目的，友情却转化为一种外在的装点，友情成了忙忙碌碌的工具。当然若朋友遇到困难时，我们应该伸出援助之手，为朋友排忧解难。真正的朋友之间是有距离的。这个距离不远也不近，不疏也不密，是一颗心对另一颗心的欣赏，是一段情对另一段情的仰望。

都说人生无处不相逢，其实在我们心里，一辈子真正接纳的也就那么有限的几个人，更多的则成为生命中的匆匆过客。如果一个人一辈子都没有过真正的朋友。不是孤高自傲，太过超脱，就是品性猥琐不能被人所容。所以，有几个真正的朋友，在心底种下关爱、关心、关注，在一定意义上成就生活质量，生命的厚度。

想想这些年，都是自己的疏忽，是自己太自我。放着身边这么多的良师益友不闻不问，偏偏要学什么世外高人，将自己孤立起来，过着与世隔绝的生活，结果，非但没成仙，差点就陷入了自己为自己打造的地狱。我很荣幸能拥有这么多的好友，列于你们之中，我虽感觉到自己的渺小，但能与泰山北斗站在一起，虽然渺小我也感到无比的恩宠。

朋友不一定常联系，但常记心中。这么多年，你们的名字还保留在我的通讯录中，我想永远地保存下去。最后，祝所有的朋友幸福快乐！

乞丐

南国，风景怡人、楼高车快、碧空万里，处处洋溢生机，是个相当不错的新都市。寄生在这个繁华喧嚷的都市，每天抬头望到的是耸立在市中心最繁华地段楼层最高的地王大厦。低头看到的却是乞丐满地。实在是令人叹息！

每次路过书城门前的天桥，总会看到惊心触目的画面。天桥上每天都会有不同的断腿的残疾人瘫卧在地，他们见人就喊“漂亮，善良的某某，行行好……”这些人中大多是老人和小孩。

刚开始几次路过天桥时，见到他们瘫倒在烈日底下，晒得眼冒金花，心里真的很难过！看到他们那痛苦落魄的表情，真令人痛惜同情。每次行人路过他们身边时，他们就朝行人磕头求拜，乞求大家行善施舍。以前每次路过他们身边，我都会拿一些零钱给他们，我感觉他们太可怜了！

时光流逝，日月轮回。时间久了，不得不让人深思，这些所谓的乞丐，难道他们没有亲人，都是孤身一人吗？如果真是孤身，那这么高的天桥，他们又是如何上下来回的？如果他们亲人还在，我感觉这样做，就太没有人性！

每个人都是父母所生，都有一颗会蹦会跳的心脏和一个至善的灵魂。残疾，只怨上天太狠心，不能给予他们完整的身体。他们一来人世，心里就有阴影，总感觉自己要低人一等，遭人冷嘲热讽。

作为一个有道德有良知的人，就不应该将自己的残疾亲人送往地狱，让他们每天过着低三下四的乞讨生活，难道你们就心安理得？

乞丐，在当今社会都成了一种职业。有一次我去火车站，一位四十岁左右的妇女，背着一个小孩子，向一位客人乞讨。那个客人也算是尽人情，从钱包里翻找人民币。但是找了半天，也没有找到零钱。他笑着对那个妇女说："不好意思，实在是找不到零钱，找了许久才找到五毛硬币。"他说着伸手将硬币递到那个妇女面前。那位妇女见是五毛硬币，她没有接，撇着嘴对那位客人道："没有零钱没关系，你拿一百元给我，我可以找零钱给你。"这位妇女的回答确实令人震惊！她乞讨得倒挺理直气壮的，哪有这样的乞丐啊！感觉好像是别人欠了她们，跑来追债一样。

在各个红绿灯路口，经常见到一些小孩子，拿着抹布，看到有车子停下，他们就一窝蜂地跑来，以帮别人擦车子为由，强行找驾驶司机索要人民币。经多次经历，我发现这些小孩子也挺懂行的。他们每次都是为豪华小轿车擦车，一般计程车和普通小轿车，他们都不会去擦。听开计程车的司机说："这些小孩子都是父母从山区将他们带到城市来挣钱的。你别看他们每天擦车，几元几元地拿，你知道他们一天要擦多少车吗？他们一个月的收入，远超过我们这些为百姓打工的良民啊！"我当时也感到纳闷，就问了这位司机，问他为何这么清楚这些孩子的处境。他告诉我，他的一位乡下亲戚，就是带着自己的孩子来城市，靠孩子每天拦在大路上为别人擦车而谋生。

这两件事让我对乞丐这个职业大为改观。以前我对行乞为生的人，感到怜悯同情。现在，我最看不起靠乞讨为生的一些人。更鄙视那些将自己的亲人送往乞讨的地狱里的人。醒醒吧！迷失方向的人们！别因为几个臭铜币，就出卖自己圣洁的灵魂。人之初，性本善。你们最初的良知与天性都跑到哪里去了？请你们不要再在丑陋的魔幻世界沉沦。

女人

女人是上天缔造的宠物，女人天生就如水般的柔软娇媚。漂亮的女人，如同春天的一道风景，光彩照人、越赏越新；温柔女人，如同夏日里的一汪清泉，清凉爽口、滋润人心；浪漫女人，恰似秋水，凄美诗意、充满神奇；忧郁女人，似冬日里的寒冰，孤傲冷艳，难以靠近，又让人顿生怜悯！

红楼里说女人是水做的，其实说女人是眼泪做的更具体生动。女人是个重感情的尤物，女人对感情很忠诚，女人一旦喜欢一个人，心里就再也容不下第二个人。少女的贞操奉献给了心中的男人，从此就心甘情愿为自己的男人守候暮暮朝朝。

漂亮女人，如同春天——万紫千红，她们通常比较注重自己的形象与气质。漂亮女人喜欢帅气的男生，她们喜欢活在男人们的夸赞中。她们的感情如同春水，一去不复返，不会为一段逝去的情缘而沉醉很久。当一段感情结束后，她们会很快将感情呼叫转移，另寻目标。漂亮的女人，很孩子气，要经历多次感情失败后，感情才会渐渐成熟稳重。这样的女人，做初恋，是较佳人选。

温柔女人，似夏日清泉——润心爽口。温柔女人，在感情中如同一只温顺的小绵羊。她们的感情很脆弱，也很独特。如果一旦感情受到伤害，就很难在感情中释放自我。这样的女人，最适合娶回家做老婆。提醒天下男人，如果你身边的女人，属于温柔善良型的，你们一定要好好呵护她，别让她受任何一点点委屈。她们的心一旦被伤透就很难回头，也很难让她们建立信心再去接受新的情感生活。

浪漫女人，如秋景——诗意神秘，是最能让男人心悸的感性尤物。浪漫女人的世界缤纷斑斓，她们可以把东说成西，把黑颠倒为白。在感情中，她们可称是情感杀手，最会博得男人欢心。因为男人天生就有喜新厌旧的习惯，而浪漫女人最会调节气氛，眼睛一眨就是一个新点子。这样的女人，做情人最得体。当然，不是鼓励男人们去找情人，我只是随意解读一下女人。希望男人们的心中永远只有一个女人，不要贪心。

忧郁女人，如寒冰——冷傲多愁，玉洁冰清，给人的感觉是，想靠近却不能接近。忧郁女人，比较独立，喜欢我行我素，喜怒独受，不喜欢随便融入别人世界，也不轻易让别人走进自己的内心。在感情中，她们通常都处于被动，很难得会为一个人动心。她们的感情多源于一见钟情，简单点说，就是凭自己的感觉而确定吧！忧郁女人多为理性，对待任何事情，都会深思。忧郁女人，也很矛盾，有时候在情感与理性上会自我纠结。她们若喜欢上了一个人，就会很痴情，她们对待感情要求至善至美，不允许感情里沾染一点灰尘。忧郁女人，是世间一道另类的风景，虽然冷，但更多是让人怜。这样的女人，多为睿智典雅型，若能好好把握，适时运作，定当是不错的奇女子。

女人，水一样的柔情，水一样的身。不同的女人，演绎着不同的人生。但唯一不变的是，她们都需要人去呵护去珍惜。天下的男人们，好好珍惜你身边的女人，对她们好点，不要去伤害她们的心。大家一起去保护好人世间的奇景——女人！

女人混得好，衣服穿得少？

南国的气候四季难分，十一月的天气，还是烈日横空。老家来的两个“富婆”女友，下了飞机，一个劲喊热得快不行，电话一个接一个地催我去陪她们逛商场。正是午餐时间，没办法只得空腹先陪她们逛商场。

富婆果真品位不凡，见面的第一句话就问我，南国哪个商场最高档、国际品牌最多？她们也够挑剔的，我陪她们逛了好几个不错的商场，可是她们没有一件看得上眼的衣饰，最后终于在金光华商场CK专卖店，花了几千元买了一件小背心。虽然我也喜欢追赶品牌，也曾有过这样奢侈的生活，但我还是忍不住问女友：“花几千元买一件这么小的背心值不值得？”

女友很爽快地回答：“有什么值不值得的，你不知道这年头，女人混得好，衣服穿得少。品牌就是象征，管它价位高不高。”是啊！生活在这个物欲横流的社会，什么都得向钱看。

我也真佩服这帮姐妹，为了赶时髦，一逛就是一下午。我的肚子早在唱空城计，可她们还是在各商场楼上楼下逛个不停。没办法只得作陪，大包小包地提。

黄昏时分，我的双脚逛得发软，实在是走不动，她们才勉强离开商场。我们找了一家海鲜城共进晚餐，本打算晚餐后回家好好休息，可我的这帮姐妹可真要人命，她们坚决要拉我陪她们唱卡拉OK。既然她们开口了，我也不好意思拒绝，毕竟她们是客人，我总得尽点地主之谊。

吃完饭，我们先去酒店休息了一会，然后再决定去歌厅吊嗓子。在酒店里，我的这两个姐妹可累坏了。下午在商场买的几大包衣服全部摊放在床上，然后她们开始一件一件地对着镜子试穿。我靠在椅子上累得不能动弹，只希望能早点回家睡觉。她们每换一件衣服都问我好不好看，我哪有情绪去欣赏，只是一个劲地点头。一个多小时的试衣时间，最后她们都决定穿吊带裙子，就连我也被她们强行给换上了吊带裙子。我说我不习惯去那种场所，更不习惯穿这么性感的裙子去公众场合，可她们说什么也不肯放过我。她们说女人就该妩媚，有资本就不该太保守！我说，穿这么少的衣服我怕冷，你们就饶了我吧！我简直要向这帮少奶奶们磕头求饶了，可她们说女人混得好，衣服就得穿少。我可不想这样混得好！你们就放过我吧！我连声求饶。

那晚是万圣节，我们在酒吧玩到凌晨一点多才回家。回来后，一个个流着鼻涕，全都感冒了！这就是“女人混得好，衣服穿得少”的结果。本来感冒就头昏目眩，可还得陪着她们去各风景点四处游逛。我的姐妹们啊！这几天我可被你们折腾得够呛。

今天气温好像下降了，清晨一睁眼就是喷嚏不绝。“女人混得好，衣服穿得少”，如果感冒久久不愈，我看你们还相不相信这个歪理。咳，咳……烦人的咳嗽声又在将我困扰，赶紧躲进被窝睡觉！

这些年，我们都还活着

其实我一直以为自己死了！虽然每天像个正常人一样不拒炊烟不拒美梦，但我却从未觉得这样就算活着。我想我应该不属于这个世界，这个世界更不属于我，我的存在只是一种假设。当理想被现实虚化、当真诚被爱情驱逐、当生活被回忆吞噬，当熟悉的城市彩排着陌生的风景……离开竟是唯一的真理，放弃却变成另一种执着。

昨天与几位多年不见的朋友小聚，明里是相聚，其实我是来向他们道别的，只是见面后，我的想法开始被颠覆，心口无法达成共识。

上午与媒体朋友在一家酒楼共餐，这位朋友很热情，带了两支极品干红，他点的那些菜也极符合我的胃口。用餐前我们好像找不到话题聊，只是相互微笑相互赞美！这也许是因为多年不见的原因，也或许是因为从事文字工作者都比较闷。我是一个很不会主动找话题的人，通常都是别人演讲，我当听众。朋友从事媒体工作十余年，在事业上也取得了相当不错的战绩。只是我不能理解的是，一个媒体工作者怎么可以像我这样沉默，尤其他还是一个资深媒体人，这就更让人百思不得其解。沉默其实并没有什么不好，只是两个沉默的人在一起还是挺郁闷的！他为我斟了小半杯红酒，看他斟酒举杯的标准程度，推想他平日参加的酒会应该不少，只是一个经常出入热闹场所的人是如何修炼到内心如此安静呢？几杯酒后我们的话题好像变多了，从工作聊到生活，从理想又回谈到人生，在酒中我们发现了一个不同的自我。其实每个人都有双面双性。表面沉默不代表内心没有狂热，个性张扬的人也有她的似水柔情。只是因为距离，缺少关注与欣赏，我们对一个人的了解与定义通常都是由肉眼给予结论，其实这是错误的！如果你说你很了解一个人，那必须是一个漫长的交往过程；如果你说你很爱一个人，时间就是最奢侈的证明。

下午约了一位导演朋友在咖啡厅见面，这位导演朋友以前是从事广告行业的，近年改行投资影视。他和我的那位媒体朋友一样，我们都是几年不曾见面。说来也怪，要么几年不见，要么约在同一天见，我到现在也没弄明白自己见友的动机出自何处？如果只是为了道别，为何见面了却全跑题？人真是个奇怪动物，有时候根本不知道自己在做什么？这位导演朋友很绅士，喜欢一条龙服务，喝咖啡他买单，吃饭他约上一大群圈内朋友也是他买单，晚上 K 歌还是他买单。与这样绅士风度的人做朋友是挺好的！但不知道他老婆是否看好他对朋友的大度……这位导演朋友自曝被抑郁症纠缠多年，他为自己量身定制了一部关注抑郁症的影视剧本，预计四月中旬开拍，这部剧本是他自编自导，当我问起他是否自己也参入剧中演出时，他很风趣地将话题转到我身上，反问我是否有兴趣演一角色。

哈哈！我们都是爱做梦的人，总喜欢发现一个不同的自己，一个未曾发现的新人生。

晚饭时，导演与他的圈内朋友都挺能聊到一块，或许是职业原因，他们都很会制造气氛。在场的除了导演、演员外，也有一位文学女青年，她的思维就很活跃，无论怎样的话题她都能发表一番见解。我这个天生的听众，不习惯演讲，无论何时何地都喜欢与自己对话。别人想到的我也能悟到，但就是不爱去表达。给人感觉好像不合群，不知者可能还以为我装纯。其实这是我的性格，喜欢安静，场面再热闹，我的世界还是安静的。

晚上K歌，朋友们赶时髦，我崇尚古典，他们偏向欢快的，我喜欢忧伤的。歌声虽只是一种柔美的语言，但也是内心最真实的声音，歌声可以宣泄烦躁，歌声也同样可以表达情感。K完歌后，因为大家都喝了酒不便驾车，所以我只能打的回来。朋友送我上车，用手机拍下了司机的车驾证，提前预付车费，交代司机一定要安全送我到家。我以为从事影视行业的人都不注重细节，他的细心颠覆了我对电影人的看法。

我今天本来是去道别的，结果交往过程与我前往的目的没有一点关系，好像完全是为了吃饭、喝咖啡、K歌，一次简单而非比寻常的聚会。和媒体朋友谈到了去报社开专栏的事，他很支持，也鼓励我去认真做好心中所想。我甚至还和他聊到去做记者去学作曲，总之借助酒的力量，我把心中所想百无禁忌全盘托出，酒后又觉得自己的想法太滑稽。和导演朋友我们先聊如何经营好广告公司，分享他从事广告行业十余年的经验与心得。自己也有做广告公司的想法。后来又和他聊起做影视，他也毫无保留地为我分析了做影视的前景与风险，他说做广告比做影视复杂，在他的分析指导下，我又有了做影视公司的冲动。很多自己未曾接触的行业，因为不了解所以给人距离感，一旦涉入，其实并没有我们想象的那么难。朋友表态只要我想往这方面发展，他很乐意将他的资源分享给我。我很感谢朋友的真诚，也祝愿他的影视大作早日搬上荧幕。

处于迷茫中的我，一天之内竟会有如此多想法，或许旁人会笑我幼稚，但我觉得想法多总比没想法好。人的思想总处于静态，会让人以为自己死了，只有不断更新思维才不会被时代抛弃。朋友这些年没有联系，我以为我们都死了，其实我们谁也没死，因为心中有梦。再过几天，我打算离开这个城市，希望新的世界能开始我新的人生。从前是一个错误，当我决定一笔勾销的那刻起，再大的错误也不需去计算。

第㈥章

我的爱遗失在江湖

我的爱遗失在江湖

我的爱在红叶翩舞的季节起航，在碧水蓝天间芬芳，在柔情似水的月光下疯狂。天一亮，雨季漫长，我的爱竟如此脆弱，不再坚强。他，不再是我的他，他来自江湖，最终又回归江湖。心碎百回、情欲断肠，梦一醒，才发现我的爱遗失在江湖。

与他第一次相逢，是在多年前的一个深秋黄昏。那天我在红树林散步，自行车停放在林荫道旁，被一辆白色小轿车撞倒。那个开车的人，一个劲地鸣笛，还大声地吆喝着："是谁的破自行车，挡着本少爷的道？"

我闻声，立刻从湖岸边跑过来。只见一个醉醺醺的小伙子，半靠在车椅上，昂头闭眼不停地喊着同一句话："是谁的破自行车，挡着本少爷的道？"

在那小伙子身边坐着一个妙龄时髦女郎，跷起二郎腿，手中叼着半根烟。那个女郎见我走到车前，便将头探出来盯着我。她的表情很奇怪，第一眼见我时大吃一惊，但是很快又回过神来，并用鄙视的眼神瞟我，她漫不经心地说：“这自行车是你的吗？赶快给我弄走，好狗不挡道！”

我本不想和他们计较什么，但是那女孩出口伤人，我听着心里就是不舒服。本来他们撞了我的自行车，是他们不对，他们不但没有半点歉意，反而还来投诉我的不是。我越想越生气，一种无法压抑的冲动迫使我高喊道：“你们撞了我的自行车，还这么凶，你们这不是欺负人吗？”

“欺负你又怎样？你能拿我们怎样？识抬举就赶快将你的破自行车骑走，别让本小姐发火。”那女的边说边推晃着他身边的醉汉。

那个小伙子醉眼迷离地瞅了我一眼，也很不客气地喊道：“怎么，本少爷说的话不管用了是吧？别说我没提醒你，你那破玩意再不推走，我可就要用车将它碾烂。”

“就是，不知道天高地厚的丫头，想我们去给你赔礼道歉，简直是天方夜谭，也不去打听一下，我们是何等身份的人！”那个女的很自大地耻笑道。

这自行车，是爸爸送给我的生日礼物，看到心爱的自行车被撞坏，心里不觉有点痛惜。更让我恼火的是，车上的这对男女太专横霸道了。看着被撞坏的自行车，再想想他们说的每句话，一种无法言语的痛扎在心底，眼泪情不自禁夺眶而出。面对眼前的这对男女，我是有理说不清，有冤无处申。正在我百般无奈之际，对面来了一辆华丽的黄色露天跑车，车里坐了一帮动感时尚的男孩。他们一个个黄发墨镜，样子酷呆了。

“大哥，前面有一辆白色车横在路中间，挡着了我们的道。”开车的黄毛回身对坐在车后面那个穿黑色西装戴墨镜的帅小伙子说道。

“你是第一天出来混啊？这点事情还要来骚扰飞哥。兄弟们，下车，去看看对面的车子里是哪路怪物，见大哥来了，还不让道，我看他们是吃饱撑着了，需要松松骨。”说话的是那个坐在飞哥身边的长毛。

白色轿车里的那对男女见对面车子里走来一帮古惑仔，开始紧张惶恐起来。没等那帮古惑仔走近，他们主动下了车，嬉皮笑脸道：“哎呀！是飞哥啊！好久不见了，总想请飞哥赏脸吃顿饭，可飞哥是个大忙人，排队也轮不到我来设宴请啊！”

“怎么啦小子？几天不见，在这儿欺负人家小妹妹了！见了飞哥来，还不滚开！……小妹妹，是不是那小子欺负你了？有事找我们飞哥，他最仗义了！”长毛眯着双眼笑着。

飞哥见了我，他眼睛一亮，他定是在心里暗道：这是谁家的妞？真是出落得标致！我飞哥今天可要来一回英雄救美，力争抱得美人归。“长毛，你去看看，到底是怎么回事情？”

长毛边走边在心里自语：飞哥，不愧是老大，就连审美也是一流的棒。从未看他对哪个女人认真过，看来老大是喜欢上了眼前的这个妞了。其实眼前的这个妞，只要是男人就会喜欢。可惜我不是老大，没有艳福呀。

我如实地将一切告诉了长毛，长毛将这一切如实地转告给了飞哥，飞哥得知事情的来龙去脉后，便让那个醉汉和那个时髦女郎向我道歉，并要他们给予我精神与物质的赔偿。

傍晚时分，人群都散了。飞让他的小弟们开车先走了，他留下来陪我在红树林走了很久。那天他送我回家，一路上他对我嘘寒问暖，情意绵绵。从那以后我们就相恋了，和他在一起，我很快乐也很幸福。我们的爱弥漫了整个秋天，如诗的岁月在激情中缠绵。飞为了我退隐江湖，他带我离开了那个城市，就连名字都给改了。他说他不想“飞”，他要一世与我相依相守。那段日子真的很美，依在他怀里的感觉，是那么幸福甜美。我以为我们会这样相知相爱，相惜相守，直至白头。可是美丽却永远只属于瞬间，幸福的岁月不经意间就悄悄走远。

两年后，飞因当年做大哥时，与太多人结下仇怨。因此不少曾被他得罪的人来找他复仇。尽管飞总是一次次告诉自己要忍，但是，最终他还是忍受不了别人一次次的骚扰。在那个月高风寒的夜，他偷偷地离开了我，又回到了那个他一手遮天的城市。他带着他以前的小弟，拿起砍刀，朝他的仇家奔去，将那些骚扰他的人杀个措手不及，血腥漫天。

我们的爱始终没有走出那个苍白的冬季。“天网恢恢，疏而不漏”，几个月后，在大雪飘舞的寒冬，飞被捕了，被囚禁在看守所接受法律的制裁。飞因组织群伙犯罪，令多人不幸致命，最后被判决为死刑。当知道飞被判死刑的噩耗，我连续晕厥了好多次。在他离开之前的日子，我去看守所看过他几次。我们每一次的相见都是在泪眼中。最后一次见面，飞骨瘦如柴，他没有太多言语，只是眼泪汪汪地说他对不起我，要我从此将他忘记，并希望我以后能幸福。那天我哭得昏天暗地，找不到回家的方向，是值班民警通知家里人将我扶回去的。飞是我的初恋，我们彼此深爱着对方，我们曾经也有过很多幸福的梦想，可谁也没想到，结局竟是如此的苍茫。

黎明前的那一声枪响，毁灭了我所有的梦想。他，走了，永远地走了。他不属于我，他来自江湖，又回归江湖，最终被葬于江湖血腥中。忘不了那个深秋的傍晚，忘不了林荫道上红叶如霜，忘不了百褶裙上缠绵的幸福，忘不了最后一次别离时的殇。我的爱来自于江湖，最后又遗失在江湖，再也不见……

嘶哑的呐喊

阴暗的黄昏，心情特别地沉闷。一个人坐在书桌前，漫不经心地翻阅书本。突然一张发黄的旧照片滑落在地，我弯身拾起照片，看到照片中那个扎着两条大辫子，眉清目秀的女孩，心中微微一颤。这张照片还是我中学时候的毕业留影，照片中那个笑容怡人的女孩，是我们学校的校花，她名叫李欣。看着她的照片，不由得又让我想起，多年前发生在她身上的那一幕惨不忍睹的悲剧。

自初中毕业后，我再也没有见过李欣，她给我印象最深的是她那双乌黑发亮的大眼睛，还有放在肩前的那对大辫子。当年在学校里，大家可都喊她“小关之琳”。

故事发生在十多年前的一个秋天。李欣一个人跑到附近的城市去打工。去那个城市都近半个月了也没找到工作，她身上的钞票花得寥寥无几。正当她准备打道回府时，突然看到某站台前，贴了一个非常吸引人的招工广告。招工广告上是这样写的：本工厂因业务扩展需要，现招聘若干名女职工。待遇：包食宿，月薪 2000—5000 元，然后下面就是联系方式。

在十多年以前，内地月薪 2000—5000 元，的确是个可观的数目。最让李欣动心的是，食宿问题可以解决，她再也不用担心吃了上顿没下顿了。

李欣把上面留的联系号码用笔抄写下来，兴致勃勃地跑到公用电话亭，拨通了对方号码。接电话的是一个嗓音很甜的女孩子，对方礼貌地问着李欣的个人情况，比如学历，年龄之类。当双方达成协议后，他们约定了一个相见的地点。来接李欣的是一个西装革履，有点消瘦的小伙子。

小伙子见到李欣后，心里很开心：这丫头，真俊。他从公文包里取出一张名片，边向李欣做自我介绍，边礼貌地将名片递送到李欣的手中。李欣因初出校门，没有社会阅历与经验，看到对方谈吐大方，很像职场中人，她很快就相信了对方所说的一切。

他们乘坐了一台半新的小巴士，那小伙子说是带李欣去工厂，其实此刻的李欣已经上了贼船，可怜她却全然不知情。汽车沿着郊区小道走着，刚才一车的乘客沿路都下了车。现在车上只剩下李欣和那个小伙子两个人，李欣心里有点着急。她忐忑不安地再三问小伙子，为何乘客们都下车了，而且汽车现在前进的方向越来越偏僻。小伙子似乎也看出了李欣的心事，他说因为怕造成城市空气污染，所以工厂开在郊外。

李欣已经隐隐感觉到自己受骗了，但现在已搭上了贼船，只恐是插翅难飞了！傍晚时分，车子在一个偏僻的山村停了下来。李欣下车后见四周是大山包围着，这不由让她想起了法律频道里贩卖人口的报道。想到此，她简直要崩溃了。她转身就朝来时的方向跑，只可惜她玲珑娇小的身子，怎逃得出恶魔的掌心？

黑夜如魔鬼般张牙舞爪，大山如一张不透风的铁网，将山村包围得密不透风。那个自称是工厂业务经理的小伙子周鹏，其实是个人面兽心的人贩子。他见李欣想逃跑，刚才伪装了一路的亲善瞬间变成了凶神恶煞，看上去挺吓人的。他上前揪住李欣的衣服，狠声道："到了老子的地盘，借你一双翅膀，只怕你也飞不出爷的手掌心。"

任凭李欣如何挣扎哀求，周鹏都无动于衷。他突然搂住李欣的小腰，色眯眯道："美人，今晚，你就好好地伺候爷，把爷伺候舒服了，或许明天我就送你回家。"说完他抱起李欣，往村里走去。

可怜的李欣哭破了嗓门，也不见老天来怜悯。丧心病狂的周鹏当晚就把年幼的李欣多次强暴了。这个狼心狗肺的东西，只顾自己快活，连续几个小时的蹂躏，将李欣折腾得奄奄一息，昏迷了好几次。十八岁的花季，就这样飘散在狂风暴雨中。

周鹏这个卑鄙无耻的小人，本是个有名的混混。前几年因偷盗罪被关进监狱，待了几年。如今他又重拾老本行，靠拐卖人口来维持生计。他以前拐骗了几个外来小妹妹，先将她们奸污，然后就贩卖给当地一些穷人家做媳妇。今年三十有几的他，还是光棍一条。

周鹏本打算也像往常一样，将拐来的李欣折腾后，就转手贩卖给别人。但因李欣清秀可人，他沉迷于她娇嫩的玉身，每次望着李欣，他就欲火焚身。他舍不得将她卖给别人，最后干脆将李欣留在自己身边，做自己的媳妇。

单纯无瑕的李欣，每天被关在房间里以泪洗面。周鹏因担心她逃跑，扒光了她身上所有的衣服，并将房间里所有的衣物都搬走，包括窗户都密封得飞不进一只苍蝇，陪伴她的只有一张床和棉被。她感觉这种日子生不如死，便开始绝食。当周鹏的母亲在她面前谈论她的家人时，她又没勇气结束这年轻的生命。如果就这样离去，她感觉自己太对不起自己的亲人了，于是她总期望着能有奇迹发生。

每次听到窗外行人的脚步声，她就哭着大喊“救命”，可是她哭哑了嗓子，也没有人来答应。

几个月后，李欣在痛恨中，怀上了周鹏的骨肉。当知道自己怀上了仇人的骨肉，她心痛万分，总想找机会将肚子里的孩子给弄掉，可周鹏的母亲像个影子一样跟着她。

老天啊！你为何如此残忍，我到底是做错了什么，你为何要如此折磨我。李欣抱着枕头泣不成声。

地狱式的生活，一日仿佛一世纪，漫长得让人心碎。眼看肚子一天天凸起，李欣也是百般无奈，无计可施。她很清楚自己再这样僵持下去，是永远也逃不出魔鬼的地盘的。为了能实现自己的逃亡计划，她不得不委屈自己，装作很开心的样子，像是她已经接受了这种生活，也默认了自己就是周家的媳妇一样。她现在每天也亲热地“婆婆出，婆婆进”地对待周鹏的母亲。

周鹏和他母亲见到李欣与往日判若两人，他们打心眼里高兴。他们一直以为，李欣之所以转变这么快，是因为肚子里的孩子感化了她。因此他们现在也改变了对李欣的态度，偶尔也会陪李欣到户外呼吸新鲜空气。

一日，周家母子二人都不在家，他们把李欣一人锁在屋子里。李欣慌乱地在抽屉里找到了笔和纸，给自己的亲人简单地写了一封信，告诉亲人自己现在所在位置和处境。为了进一步取得亲人的信任，她把自己的乳名都写上去了。短短的一封家信，能否为她带来奇迹呢?

李欣将写好的书信叠得很小，然后将它藏在内衣里，只盼着找机会能邮寄出去。这时，有人开门，肯定是周鹏他们回来了，聪明机智的李欣将自己的头发扯乱，用杯子里的冷水，打湿自己的双眼和额头，然后倒在床上，用手捂着肚子痛苦地呻吟。

开门的是周鹏的母亲，老太太见儿媳妇披头散发地趴在床上哭，忙上前问李欣究竟是怎么回事。李欣知道老太太很重视她肚子里的孩子，她捂着小腹很痛苦地哭道："我肚子好痛好痛，我快支持不住了。"

老太太听说儿媳妇肚子痛，她第一时间想到的是她未来的孙子。她见儿媳妇哭得越来越厉害，便担心儿媳妇会流产，一下子也手忙脚乱起来。姜是老的辣，此话一点不差。老太太怕自己看不住媳妇，便找了邻居的一个婶婶陪同，陪她一起带李欣去县城医院看病。

来到城里的医院，李欣找借口说自己要去洗手间，老太太也没特别在意，就让她一人去了洗手间。李欣去了洗手间，见人就下跪，哭着乞求别人帮她把书信邮寄出去。一位好心的大婶扶起她，连声答应一定会尽最快速度帮她将信件邮寄出去。

几天后，李欣的家人收到了女儿的信，一家人哭得天昏地暗。在接到李欣书信后的几个小时，李欣的家人开着车快马加鞭赶往女儿所在处。可狡猾的周家母子知道李欣那天在医院和旁人泄露了这个秘密。于是，他们从医院回来后，一家人就换了地方住。

李欣的家人来到了女儿信中所留的地址，只可惜不见女儿，只有一间上锁的老房子孤独地呆立在那里。李欣的父母拿着女儿的照片，挨家挨户地问，结果却让他们很失望，没有一个人说见到过他们的女儿。

李欣失踪的这半年里，家人四处寻找但都没有音信，她的父母一直以为女儿不幸被害了。当收到女儿的来信，得知女儿的处境后，他们虽然心里很难过，但至少知道了自己的女儿还在人世，心情比以前要舒坦很多。但如今来到女儿所在地，却找不到女儿，心里又有点失望。

李欣的家人来到当地公安局报案，将李欣失踪被拐的事件详细地报告给了值班民警。公安民警接到此消息后，在当地进行了地毯式搜索。天网恢恢，疏而不漏。在接到报警后的第三天，终于在一个郊外小茅屋里找到了李欣和周鹏母子。

李欣见到父母，一头扎在父母的怀里，一家人抱在一起哭成一片。刁蛮的老太婆见儿子被警察逮捕了，儿媳妇如今也要被带走，她以死相逼，要警方将媳妇留下，待媳妇肚子里的孩子生下后再走。面对这样的老太婆，警方还真没办法。最后经警方协调，暂用谎言稳住老太太，答应老太太，等李欣生下了孩子，会把孩子给她送过来，老太太方才答应放李欣走。

泪眼踏归回家路，千愁万绪无从说。这样的人间悲剧，希望以后永远都不要再发生。呼吁十三亿同胞，无论何时何地，都别忘了我们有一个共同的家叫中国，我们都是炎黄子孙，黄皮肤，黑眼睛。

左顾右盼

老婆、情人，谁轻谁重？男人该不该有婚外情？女人结婚后，是不是就不再美丽？都说老婆是别人的好，儿子是自己的亲。女人结婚后，在老公的眼里，美丽大大跌价，最后逐渐就沦为黄脸婆。

白雪本是个天生丽质、出水芙蓉的美人。据说她老公当初追求她时，在她面前跪了几日向她求婚。婚前她是老公心中的宠儿，可结婚后，没过几年，她老公就开始冷落她，在外面找女人。

白雪以前是某公司职员，自生了宝宝后，就没有去上班。有了宝宝，平日风情万种的她，不再爱好梳妆打扮。在她心中，自己现在漂不漂亮并不重要，重要的是把孩子照顾好。也许这个年轻妈妈太单纯了，她只顾及将孩子如何抚养好，却疏忽了身边的男人已开始变心了。

白雪也许是因为年纪太轻，照顾宝宝没有经验。只要宝宝一哭，她心里就没谱了。以前每天上班前，也知道对着镜子轻描淡妆，如今的她，衣衫不整，整天就围着宝宝转。宝宝哭她也哭，宝宝笑她也笑。也许是她太爱她的宝宝了，而疏忽了与老公之间的互动，老公每次问她话，她只会点头和摇头。日子久了，她老公连问都懒得去问。可爱的年轻妈妈啊！你太单纯了！你把心交给了这个家，可你身边的这个男人，已开始在冷落你，难道你没有发现？

白雪的老公小辉，是个走南闯北的生意人。他以前如果去外地谈业务，都会主动提出让白雪与他同行，每次出差回来，都会为白雪带很多漂亮衣服和礼物。以前丰姿绰约的白雪，现在每日衣衫不整、披头散发的，在老公心中的位置，一下从天堂跌到了地狱。

小辉现在经常以谈生意为借口不回家，说是出差，其实是在外面与其他女人温存。小辉在发廊里理发，认识了一位名叫阿媚的发廊小姐。阿媚有个外号叫狐狸精，据说是因为她生性妖媚，换男友像换衣服一样。她对付男人很有心计，被她看中的男人，没有一个可以逃得出她的手掌心，小辉也是他手中的猎物之一。

小辉算得上是个英俊的富家公子哥，所以才会惹来阿媚的暧昧。她们交往没多久就同居了，几个月后，阿媚怀孕了，以死相逼，要小辉离婚娶她。这个泼辣、狡猾多端的女人，可真叫小辉头痛。白雪是他当初费了九牛二虎之力才娶回来的，现在要他向白雪提出离婚，他开不了口，因为他觉得自己对不起白雪，其实在他心里，他还是爱白雪的。但如今阿媚以死相逼，他真的是束手无策。该怎么办才好？小辉手中夹着半支烟，陷入进退两难的困扰中。

小辉还是爱白雪的，但是他也爱阿媚。白雪温柔贤惠，阿媚妩媚娇艳，这两种类型的女人他都爱，可现在他却只有一个选择，该选择谁呢？他谁也不想辜负，他甚至有个很荒唐的想法，想调节好这两个女人之间的关系，争取一夫二妻。

一天，小辉将自己的想法告诉了阿媚，阿媚倒挺乐观，她愿意接受小辉一夫二妻的请求，但是她有个很刻薄的要求，就是自己要做大，白雪做妾。这俩人也够天真的，这么新异的想法亏他们想得出。小辉虽然知道阿媚的要求有点过分，但是他还是很感激阿媚这么爽快就答应了他的请求。凭他自己对白雪的了解，白雪是不会接受他的请求的，更何况是要委屈她做小。无奈之中，他还是抱着侥幸的心态，希望白雪会突然发慈悲，成全他。

好几年都没送花给妻子的小辉，为讨白雪欢心，情人节那天在鲜花店买了很大一束玫瑰花，送给白雪。白雪突然收到老公送的玫瑰，心里既高兴又不安，她似乎也察觉到了小辉心中有事瞒着自己。小辉愣在妻子面前，好几次准备开口将自己要娶阿媚的事情说出来，但看到妻子为了照顾孩子累得憔悴不堪的样子，他又没勇气开口。最后还是白雪逼问他，他才将发生的一切吞吞吐吐地说出来了。

这一切对于白雪来说，如同晴天霹雳。她疯了似的，蹲在地上抱头泣不成声。她一直相信老公是因为生意忙而不归家，她怎么也没有想到，老公和外面的女人孩子都快要生了，然而她却蒙在鼓里，好傻好傻！更让白雪感到耻辱的是，和他一起生活五六年的丈夫，为了外面的女人，竟恳求她做妾，这么无耻的要求他都能说出口。不知道是气愤，还是为自己的单纯而感到难过。一阵痛哭过后，这个心碎的女子，竟然答应了丈夫和阿媚的婚事，但是她自己却选择了退出。因为她觉得这样的男人，再也不值得她去爱。站在他面前的这个男人，再也不是以前那个重情重义的男生了。

看着自己曾经深爱的女人泪流满面地离开，小辉心里很不是滋味。他觉得自己太不像个男人，太对不起白雪了。虽然白雪生完孩子后美貌已不在，但那也是为了他们的孩子，才弄成这样子的。他像当初求婚时那样跪在白雪面前，求她别走。但想到阿媚拿着匕首以死相逼的画面，他又没有勇气挽留白雪。

白雪伤心地离开了那个曾给她快乐又令她心灰意冷的男人，她带着宝宝头也不回地去了娘家。几个月后，在父母和亲朋的安慰劝说下，白雪终于走出了心中的那片阴影。不久，她又去以前的公司上班，精神比以前饱满多了，看上去像个未嫁的清纯少女。因此身边又有不少爱慕她的男生，整天围着她转。失落已久的青春，又慢慢地重拾。

小辉和阿媚结婚了，不久，阿媚生了个小女孩。在未生女儿之前，他们小两口还有说有笑，小日子过得还不错。有了女儿后，这间屋里就再也没听到过欢声笑语，除了女儿的吵闹声，就是两口子的争吵声。

阿媚生了小孩后，还是像以前一样注重打扮。就算小孩哭得死去活来，她也要将自己打扮得漂漂亮亮的，再去哄小孩。有时候哄不住女儿，她就朝女儿发火，吓得刚出生的女儿哭得更厉害。为保持身材，她不给女儿喂奶，每次女儿饿得呱呱叫，她才知道冲奶粉给女儿充饥。她冲的奶粉不是太浓了，就是太稀了，有时候女儿哭急了，奶粉还是烫的，她也顾不了那么多就给女儿喝，烫得女儿哭得更厉害。实在哄不了女儿，她就打电话对丈夫发脾气。无数次小辉正在与客户谈业务，她硬是打电话打个不停，骂个不停，害得小辉在客户面前失尽自尊。

以前和白雪生活在一起，虽然白雪不怎么顾及自己的形象，但她却把孩子带得很好，家里也收拾得干干净净。如今娶回的这个狐狸精可不是个好伺候的女人。她不但不照顾好女儿，家务更是一概不问。女儿的裤子尿湿了，她也不知道换，就算女儿把大便拉在摇篮里了，她也不问，还用手捂着自己的鼻子，骂躺在摇篮里的女儿。出生才几个月的小孩，她就这样地整天骂个不停，要是小孩能听懂自己的母亲天天在对着她唾骂，我估计小女孩肯定会被她的母亲给气死。

日子一天天在争吵中度过，小辉实在是忍受不了阿媚的刀子嘴。一次，阿媚又当着小辉的面朝女儿骂个不停。小辉实在是听不下去，一时气急，给了阿媚一个耳光。过不惯这种小日子的阿媚，本来早就打算离开这个家，只是一时找不到借口。这次丈夫出手打她，她二话不说，拿起行李，头也不回地离开了这个家。

小辉抱着女儿，看着阿媚无情地转身离去，再看看乱得一团糟的家，他的心里也乱成一片。想想当初与前妻白雪一起生活的日子，日子虽然平淡，但是和睦温情。为了这个狐狸精女人，他辜负了白雪，他感觉自己太对不起白雪了。可是现在后悔已经太迟，白雪已经有了自己的新生活。而那个阿媚也真够狠心的，抛下几个月的女儿，从此再也不见她的身影。

一个本来幸福的家庭，只因男主角情感出轨，同时爱上两个女人，最后一个女人也没有留住。奉劝天下的男人，对待感情不要左顾右盼，要专一。好好珍惜看似平淡却幸福的婚姻，对自己的女人好点。不要将单纯的爱，浑浊于贪念里，不要迷失……

被老公宠坏的女人

菲菲本是个漂亮温顺的女孩，也许是毛毛从初恋到结婚，一直都宠着她。如今的菲菲，在毛毛面前，简直就是一个刁蛮任性的小公主。她说一，毛毛就不敢说二，她说向东，毛毛就不敢往西，这样妇唱夫随的生活，真是让姐妹们羡慕！

婚后不久，菲菲给毛毛生了一对龙凤胎，这下可把毛毛一家子给乐坏了。平日本就刁蛮的菲菲更是如虎添翼，她在毛毛面前越来越霸道了。小孩因有毛毛的父母照顾，菲菲从来就不用为孩子的事情而费心。她喜欢打麻将，每天都要毛毛去找人陪她打麻将。毛毛也够听话的，每天上午十点左右，准时为菲菲把牌友安排好，中午还要把饭送到麻将桌上给她吃。街坊邻里都夸毛毛是个模范丈夫，当然更多的人是说毛毛怕老婆。

毛毛比菲菲大十岁，在他眼里，菲菲就是一个小妹妹，需要人来疼来爱。所以他一直都让着菲菲，什么都迁就着她。可天真的菲菲还真当老公是怕她，在任何场所，她都摆出高高在上的姿态，因此她与毛毛的感情慢慢开始分裂。

一日，毛毛单位的一些同事来他家串门。那天毛毛的父母将两个小宝宝带到乡下亲戚家小住了。毛毛见同事们来家里，便喊菲菲为客人倒茶水。懵懂无知的菲菲，像是没听到老公的话一样，一个人靠在厅里的沙发上，边看电视边嗑瓜子。毛毛见半天没有一点动静，便安排好同事们在自家的麻将室坐下，回到客厅心平气和地对妻子说："菲菲，我同事来家里，刚才让你倒茶水，你没听见吗？"

菲菲撇着嘴对毛毛大声道："又不是我的同事，我干吗要给他们倒茶水啊？你自己没长手啊？"

这样的回答，相信无论是哪个男人听了都会接受不了！当时的毛毛可真想发火，但是又怕遭同事们取笑。为大局着想，他还是强忍着心中的怒火，笑着对菲菲说："老婆，同事们第一次来咱家，你就给点面子，过去打声招呼，倒倒茶水吧。"

菲菲见老公用哀求的语气和她说话，她嘟着嘴巴很勉强地答道："好，我去招呼他们，但只这一次，下不为例。"我的妈啊！哪有这样的女人，是真没长大，还是故意装傻，总喜欢被人捧着。

菲菲端着茶水皮笑肉不笑地进了麻将室，毛毛的同事很礼貌地喊她嫂子，她却装着没听见一样，只是低头将茶水放到每个同事的面前，然后一声不吭地就转身离去。同事们见她爱理不理的样子，心里很是纳闷。他们今天本来想在毛毛家搓一天麻将的，但见毛毛的老婆不怎么欢迎他们来串门，于是他们坐了一会儿，就不欢而散了。

这次事情以后，毛毛公司上上下下的人都在议论毛毛的家事，说毛毛的老婆太不像话了，连最基本的礼仪都不懂。他们笑毛毛在家里太没有地位了，与毛毛交往比较密切的同事甚至怂恿毛毛去好好修理一下他的老婆菲菲。这么多人都在笑话毛毛，毛毛感觉自己很没面子。那天他从公司回来，对菲菲大发了脾气。受不了一点委屈的菲菲，哭着收拾行李就要走。

菲菲本以为自己要离开家，毛毛会拉着他，谁知道毛毛像是装作没看到一样。一直被毛毛溺爱着的菲菲感觉自己很没面子，提着行李就去了娘家。菲菲在娘家待了差不多一个月，也不见毛毛来接她回去。她现在开始后悔是不是自己做得太过分了，伤了毛毛的心？毛毛这次可真是铁了心，他觉得菲菲太专横霸道，不为他保留一点点自尊。从前总以为是她太小，所以总让着她，谁知道她得寸进尺，越来越不像话，简直不可理喻！

菲菲，这个被老公宠坏的女人，也该好好反省反省！男人们，如果你很爱你的女人，请注意，不要一度溺爱，要把持好尺度和底线。菲菲以后是不是常住娘家？毛毛会不会去接她回来？这个问题就留给大家去回答。

爱在天国里等待

“妈，我不喜欢他，我不想嫁给他。”云儿对母亲半撒娇半哀求道。

“傻丫头，如风可是个很不错的小伙子，你看他为人不差，长得也算是精明，难得他那么喜欢你，人家家境在咱县城里可是家喻户晓的，不知道有多少姑娘想和他攀亲！你啊！是身在福中不知福。”云儿的母亲边说边对着镜子梳理她那已泛满霜花的头发。

“我不嫁，我要嫁就嫁我喜欢的人，而不是嫁给财富和名利。”云儿说完哭着跑出了家门。

云儿是个多愁善感、俊秀的女孩，二十出头的她大学刚毕业，正在待业中。云儿本和邻居家的李源从小青梅竹马一起长大，又在同一所大学念书，多年来感情相处得很融洽。只是父母嫌弃李源家境贫寒，死活不让女儿和他来往，因此急着要将她嫁入豪门，眼前这位豪门花少如风，就是父母为她觅的男友。云儿虽然极力反对父母对她的感情如此无理的安排，但她是个孝女，知道父母小时候家里穷，都吃了不少苦，所以他们才想将云儿嫁往豪门。面对爱情和亲情，云儿将会如何抉择呢?

云儿一个人坐在书桌前，望着相册里她和李源大学时的留影发呆。回想大学时那段快乐时光，她的脸上瞬间荡漾起甜蜜醉人的笑容，但想到父母为她安排的婚姻，她的心突然间像是被冰封在冰库里般冷得发颤。自如风插入她的感情中，她就经常一个人在夜里对着寒灯流泪发呆。云儿的心碎了，经过激烈的思想斗争后，她决定不辜负父母的心，嫁入豪门。

云儿出嫁的那天，雨一直下个不停。亲戚朋友都欢欣满面地为她送嫁，只有她知道自己的心有多痛。当她踏上婚车时，她看到了李源远远地蹲在大树下抱着头泣不成声。这是她第一次看到自己心爱的人流泪，谁知这泪水竟是永别。

当婚车缓缓移动时，一个孤独的灵魂已飘摇在天国的大门。泪眼送走了云儿后，黄昏，李源含泪写了一封给云儿的永别信，伤痛欲绝地从山崖跳了下去，结束了他那多情而年轻的生命。

当晚这个噩耗就传到了云儿的耳中，云儿顾不了眼前的一切，她拨开来贺喜的亲邻，疯了似的哭着跑向李源出事的地方。往日一幕幕此刻如同放电影一般，回忆、雨声，交织成一曲悲壮的离魂曲。她不敢相信这一切都是真的，此刻她的心里、眼前全是李源留给她的回忆。

小时候他们一起爬过山，一起在池塘里捕过鱼。小学、初中、高中、大学每个校园里都留下了他们的欢歌笑语。几个月前他们还在李源身亡的山崖前许过愿，说今生相随永不分离。

是如风的出现，是父母的贪念，还是云儿错误的抉择毁了他们原本幸福的爱情，也毁灭了一个正值青春的生命？所有的回忆如寒风彻骨，击碎云儿的心，她是一路哭着以风的速度跑到山崖前的。

云儿跑到山崖时已是晚上十点，雨越下越大，雷公也很是不解温柔，一个劲儿地暴发雷霆。当雷电再一次划破天边，云儿站在悬崖前闭上了眼，口里轻唤了一声："源，我来了，你等我！"说完，她便纵身跳下了悬崖。两个相知相爱的可怜人，两个至死不渝的灵魂，就这样葬在了万丈深渊，不求同日生但求同日死。

一场华丽的婚礼，不是给新人带来幸福，而是在为两个年轻的生命送行，好凄惨啊！

夜歌

不出楼台不知外面世界，看清世态，心中又为世情而感到无奈。看似缤纷斑斓的大千世界，其实隐藏了很多难以理解的悲哀！唉！这是个情色年代，有点叛逆，难以理解！

前些天和几个朋友去歌厅唱歌，里面发生的一幕幕，真令人震撼。本不喜欢热闹场合的我，因几个老朋友应邀去歌厅吊吊嗓子。她们说那么久没见我，想好好聚聚，我不好意思拒绝，就和她们一起去了歌厅这灯红酒绿的场所。

我们的车子刚一停下，迎面而来的就是一排排花枝招展的迎宾小姐。她们有着优雅的身姿、如花的笑容、甜甜的声音，一有客人来，她们就不约而同地弯腰齐声道："晚上好！欢迎光临！"

"先生您好！请问你们预订包厢没有？"一位身材高挑的迎宾小姐贴近走在最后面的阿风，笑着轻声问道。

阿风虽已是四十有几的人，但很开放且幽默。他见是一美女，也嬉皮笑脸道:“我们没有预订房间,就麻烦小姐帮我订一间包房。”

“好的!先生,你们先在酒吧坐会儿,我去咨询台,看看现在还有没有包房。”那个迎宾小姐说完向阿风抛了个媚眼,然后朝咨询台走去。

“同性相斥,异性相吸”,说得一点都没错。从头到尾,那个迎宾小姐就没正视过我们姐妹几个,我们站在她面前,她也不来和我们打招呼,她倒乐意多迈几步,走到我们身后去和男同胞说话。

酒吧里霓虹四射,音乐动感且刺耳。一群时髦的俊男靓妹围坐在吧台前眉飞色舞、勾肩搭背、卿卿我我。对面吧台前,一位浓妆艳抹的卷发美女举起手中的酒杯,眯笑着朝阿风他们一帮男同胞暗送秋波。阿风他们也是见美女腿就软的花心大萝卜,他们见对面的美女朝他们笑,便也举起酒杯,远远地和吧台前的美女碰杯。天啊!这是什么年代,怎么一个个都色眯眯的?

一会儿,我们进了包间,屁股还没落座就有一个穿西装的气质女人,领着一群袒胸露乳的女郎站在我们面前。那个西装女郎大概就是所谓的“不用喂奶、女儿万千”的“妈咪”吧!

“老板,我给你们带来了一群靓妹,她们可都是我精挑细选的抢手货,个个能歌善舞,能说会道,包你玩得开心,回家都惦记着。”那个妈咪笑着将那些女郎推搡到阿风他们一帮男同胞身旁紧挨坐着。这些看似温文尔雅的大爷们,见到美女无半点拒绝之意,将她们全留下了。

哎!刚才说好了是来吊嗓子的,怎么现在一个个都在寻欢作乐!这帮臭男人,平常都温文尔雅、西装革履的,怎么一到了娱乐场所就完全变质了?重色轻友,现在有了美女作陪,把我们这帮姐妹都冷落了!

真佩服那些女孩,几杯酒下去,她们就大胆地坐在陌生男人的

大腿上，用手揽着男人的脖子，还故意将本就露点的衣服扯得更露骨。所谓“男人好色，英雄本色”，今日终有体会。他们一个个地搂抱在一起，嘴里还念叨“老公”“老婆”。我的妈呀！怎么相识不到片刻就都成了夫妻？不到两个小时，他们已将夜推向高潮。这帮色情男女们全都疯了！也许是酒精作怪，他们那丑陋的本性竟毕露得如此赤裸裸。男人随意抓摸女人的波波，女人则任由男人来摆布。为讨男人欢心，她们干脆就将外衣给扒下了，穿着乳罩狂舞狂歌。还有个女郎和男人打赌喝酒，男人说如果你能将这支 XO 喝完，我就给你五万元。那个女孩听说有五万元，也不顾自己的死活，还真的将一支 XO 加冰块给喝完了。虽然几个小时就能挣到五万元，但是我看到那女郎的狼狈样，猜她也够辛苦难受的。得到了她想要的金钱，可她却趴在沙发上像条死狗。

悲哀啊！时代的悲哀！男人之所以变坏，正是因为有太多这样醉死梦生的太保妹的色诱！看似花容月貌的少女，为何偏要选择这样低贱的工作来糟蹋自己的美丽与人格？上天赐予我们美丽的容颜，我们应当要好好爱惜呵护，不应该将美艳当作谋生的道具。一杯酒能醉多久？人生怎经得起如此蹉跎？酒醒过后，你们真的快乐吗？

回家的路上我一路沉默，想到刚才发生的一幕幕，心中有说不出的感受。虽然一切都与我无关，但是心里还在为那些女郎而难过！为世态的丑恶而悲哀！醒醒吧！靓女俊哥！时代因你们的轻佻而浑浊。美貌会随之褪色，伤疤会愈变愈多。

背叛

长长的站台堆满了无奈，伤心的人儿何时才会再回来？月儿坐在列车窗户旁，透过玻璃窗望着站台前那依依不舍的离人，自己也愁肠万千。她羡慕那些不离不舍的人们，而她却像孤儿一样，没人为她送行，一个人拖着心碎的行李，背着忧伤孤零零地踏上了远程。这是她生平第二次远行，令她伤心的是，每次旅行都是挟着疲惫载满哀怨上路。当列车缓缓开动，她不由再次回头，深情而惆怅地望着故乡的那片热土。别了！生我养我的故乡，再见！我亲爱的姐妹兄弟……

火车如长龙盘旋在郊外的荒岭，望着窗外那一排排渐远的风景，回忆如乱麻纠缠着月儿的心。往日的一幕幕怎敢想，又怎能忘，是谁有意来将她的柔情伤？是谁的虚情欺骗了她的善良？当初是谁说一世爱她心不变？现在又是谁将她的感情当作负累？伤……伤……魔鬼的叛逆将她沉沦到海中央，自己的伤痛自己来学着释放，算了吧！这样的男人让给别人又何妨？忘了吧！不想他就是我今生永远的伤。

月儿是个传统女性，婚后的她通情达理。月儿的老公李爽属于那种花花公子型，他因家境好，又是家里独生子，从小就被父母娇生惯养，性格专横霸道。今天已三十有几，身为人父的他，仍像个没断奶的孩子我行我素，喜欢在外招蜂引蝶。

李爽在认识月儿之前，和一个叫于娜的女孩热恋过。月儿的出现，对于李爽来说简直就是一个神话。在认识月儿之前，李爽自以为女友于娜就是他的天使，于娜的性感妖艳无不让男人彻骨销魂，在这个多情男儿李爽的眼里，于娜就是个性感尤物，是一个能让男人窒息的美人。那时，身为阔少的他，深深地被于娜的妩媚所倾倒，他顾及不了于娜那卑微的出身。当时的于娜是在某夜总会做陪酒女郎，她和李爽是在灯红酒绿的夜场中相识的。心思周密狡猾多端的她，听说李爽是豪门公子哥，就想尽千方百计来接近李爽，借机向李爽献殷勤，装着楚楚动人让人怜的模样，编出一段苦命的身世，来博取李爽的同情和爱怜。轻狂自大的李爽还真懂怜香惜玉，他真的就那样轻信了于娜编的谎言。第一次见面，他就从皮包里拿出一大堆钱给于娜，从那以后，于娜就离开了夜总会，名正言顺地做了李爽的女友。风情万种的于娜总是把李爽哄得很开心，快近一年的相恋，她还真以为自己就是李太太了，她总以为这个世界上，再也没有女人能和她比美貌、比温柔、比性感、比心计。人啊！还是低调点好，有时太自信了就没勇气去面对失败。

一日，李爽开车在马路上慢行，突然他看到前面有位亭亭玉立的白衣少女，光看那背影他就有点难以抑制心中的那份躁动。当他将车子开到那姑娘身前，他眼前一亮，太美了，简直就是仙女下凡，他完全为眼前的这位白衣少女所迷醉。这个白衣少女就是大学刚毕业的月儿。从那时起，李爽就不再理睬于娜了，他给了于娜一笔钱算是分手补偿。于娜当初想和李爽在一起，的确是冲着李爽的那份家业而来，可如今她喜欢的不只是他的钱财，而是已经喜欢上了李爽。她一直以为李爽会娶自己为妻，从来没有怀疑过自己的魅力。如今李爽要和她分手，她真的有点难以接受。尽管她苦苦哀求李爽别和自己分手，可拿感情当儿戏、喜新厌旧的李爽，说什么也不愿再理她。结束了和于娜的恋情，李爽开始疯狂地追求他心中的公主。

为了能博得月儿的欢心，李爽每天坚持不懈地在清晨第一时间将鲜花送到月儿的窗台前。从不懂用文字表达爱意的他，第一次坐在书桌前写情书给月儿。情书写完了，他又嫌自己字写得不够标准，语言不够精湛，为了能交一份完整感人的情书给他心中的姑娘，他找来一位专为别人代写书信的先生，代笔写情书给月儿。

月儿是个钟情于文字的女孩，她收到李爽的情书后，心中完全改变了对他的看法。之前她不怎么理睬他，因为她不喜欢太张扬太轻狂的男生。她设想自己心中的男人应该是成熟稳重又带点书香气质的、让人一见就有安全感的男人。眼前的这个李爽显然不是她想象中的那种男人，所以她时常用冷漠来拒绝他的热情。但收到李爽的几封情书后，月儿对李爽的看法有了改观。

李爽知道月儿爱好文字，本厌倦与文字打交道的他，总是委屈自己经常主动开车带月儿去逛书城。在当时电子科技还不是很发达的时代，他为了讨月儿开心，开车去几百公里外的大城市，买了台笔记本电脑给月儿。月儿生日那天，他包下了整个酒店为月儿庆祝生日，他还让鲜花店扎了九百九十九朵玫瑰花送到月儿面前。更让月儿感动的是，李爽在酒店里当着那么多亲朋好友的面，跪在月儿面前拿出早已准备好的钻戒向月儿求婚，月儿不答应他就长跪不起。这么浪漫隆重的求婚仪式，该是多少女孩梦寐以求的啊！当时的月儿感动得眼泪都快要掉下来了，她答应了李爽的求婚，嫁给了他。

然而好景不长，美好的时光总是那么容易溜走。婚前他虽给了她一段最浪漫的美好时光，可两人婚后的相处却让她寒心。

婚后不久，月儿怀了身孕，也就是从那时起，李爽就开始对她冷淡了。他很少在家陪她一起吃饭，至于送鲜花给她那更是不可能了。李爽喜欢每天的生活都激情飞扬，和他相处快两年的月儿，再也不能给他带来新鲜刺激感。他开始喜欢泡吧，总喜欢带着一些所谓的哥们，一起去夜总会喝酒泡妞。

一次，于娜刚好被带到李爽所在的包房坐台，她一眼就看到了以前抛弃自己的男友李爽，她故意在他的面前卖弄风骚，将本来就袒胸露乳的吊带裙子故意往下扯，那白皙丰满的乳房，在灯光的照射下格外地诱人。本就被酒水灌得醉眼迷离的李爽，哪经得起这番诱惑。他控制不住心中的欲火，一把将于娜搂在怀里，当场就伸手摸她的乳房，那晚他们在酒店自然是干柴烈火。从那以后，他们又重拾旧情……

被冷落在家里的月儿，朦胧间也能感觉到老公有了外遇。只是在没有真正揭开这层面纱时，她还是希望自己的感觉是错的。直到有一次，她在老公的衣服上发现了红色的唇印，才知道自己是有多么的傻。

面对感情的背叛，月儿心痛万分，为了刚出生不久的孩子，她睁只眼闭只眼，只是偶尔会委婉地提醒老公。然而李爽也故意装糊涂，装着听不懂妻子的话，他还是像往常一样时常在外留宿。月儿生日那天他都没有回来，就连电话都不愿意打。这一切月儿都闷在心里，她不喜欢与人争吵，也不喜欢强迫别人做自己不喜欢的事。老公不回家她从来都不打电话给老公，她觉得感情一旦带有强迫性就失去了意义。她本想就这样僵持下去，等把孩子带大了，再选择离开。可令她意外的是，于娜竟然打电话给她，约她出去谈判。

月儿再也忍受不了这样的委屈，她总以为这样忍着，等孩子大了再离开这个令她伤透心的家就行了。没想到外面的女人如此猖狂，从来不与人计较的她，这次说什么也吞不下这口怨气。

那天，月儿真的去茶楼与于娜见面了，化着淡妆的她很早就到了她们约定的地点。一会儿，穿得袒胸露乳浓妆艳抹的于娜扭着屁股走了过来，她盛气凌人地坐在月儿的对面。瞧了月儿一眼，于娜心里在想，李爽的老婆长得可真不赖，难怪当初李爽会为了她而将我抛弃。她显然是有点嫉妒月儿那出水芙蓉般的脱俗之美。于娜虽一直对自己的外在形象很满意，但她毕竟是用粉黛来加以修饰的，而眼前的这位天然美女，不得不让她折服。

于娜按捺住内心的嫉妒、恨，嚣张地朝月儿嚷嚷："你就是李爽的老婆吧？我告诉你，你当初从我手中将李爽夺走，我现在又要将他从你手中夺回来。爽说了，他现在喜欢的是我，你在他心中只不过是明日黄花，早已黯然失色，所以我要你离开爽，不要再夹在我们中间碍眼。"

"不管以前你和我老公有什么关系，但只要我在这个家一天不离开，我和他还是合法夫妻。好像插在我们中间的那个第三者是你，而不是我。"在月儿的心里，其实她现在对老公已经没有感情了，但为了平息心中的那份怨恨，无论如何她都不会在眼前的这个女人面前退缩的。沉思片刻后她又接着道："一个有素质有修养的女人，是不会介入别人的婚姻当中来的，破坏别人家庭的女人是不值得尊重的，这一点你不会不懂吧？"月儿举止优雅、大方得体。坐在对面的于娜手中夹着烟，一副妖精样。

"我今天不是来和你谈素质的，我现在是要你离开你的老公，不要再挡在我们中间碍眼。"于娜边朝月儿翻白眼边嚷嚷。

“笑话，是谁碍谁的眼了？我要不要离开我的老公，那是我自己的事情，轮不到你来瞎掺和。你若是个通情达理的女孩，请你不要介入别人的感情。”

于娜可真是个泼辣货，听完月儿的话，她居然拍起桌子，大言不惭。

月儿受不了这女人的无耻和无赖，她起身想走，觉得自己和这样不可理喻的女人简直是无法沟通。于娜见月儿起身，便顺手扯住了月儿的上衣，大声嚷嚷：“你这个女人，你老公现在不喜欢你，你脸皮怎么还这么厚，真不知害臊。”

从小到大都没有人这样说过月儿，今天自己老公在外面鬼混的女人竟敢这样来羞辱她，不管是哪个女人都会受不了。月儿回过头，端起餐桌上的杯子，将杯里的水泼在于娜脸上。从没吃过亏的于娜怎会甘拜下风，她脱掉脚上的高跟鞋朝月儿砸来。月儿可从来没有和别人发生过冲突，她怎么斗得过如此野性刁蛮的于娜呢？

一会儿旁边的人都过来劝架，终于将她们拉开了。月儿的脸被抓伤，头发也被扯掉了一大把，而于娜除了脸上和身上淋着水，其他都无损伤。月儿感觉发生这样的事实在是丢人，她正准备跑回家，这时李爽来了。于娜见李爽来了，上前就扑在他怀里，委屈地投诉月儿的不是。

看到自己的老公站在自己的面前抱着别的女人，伤心过度的她，跑回了家，用箱子装好衣服，一声不响地奔向了车站。

这个被爱伤透了心的女人，背着伤痛，没方向地在人海中徘徊，她不知道自己该何去何从……她心中一片空白，只有那伤心漫长的回忆伴她一路远行……

爱到山穷水尽时

数落尘世的伤，推开记忆的窗，感情的长廊如今一回眸已是万水千山。小雨倚着小小的窗口，茫然地望着远方，远处的山在深秋的落日下，显得更加苍茫。一道类似的风景刺痛了她的心，将她带回了那段令她痛彻心扉的过去。

生于书香门第之家，自小受父亲熏陶饱读诗书，练得一手好文笔，如今名校刚毕业的她，被分配在一家小有名气的报刊社任编辑一职。今年二十出头的她，不但容貌清秀可人，她的文采也非常好。在家，她是父母唯一的爱女，父母视她为掌上明珠；在单位，她是同龄人眼中羡慕的小公主，也是众男孩心中的女神；在领导眼中，她就是公司的形象和焦点。万千宠爱集于一身的她，谁也没想到，前方会有万丈深谷等着她。

小雨自任编辑以来，性情就变得多愁善感，她常被一些忧伤感人的文稿感动得泪流满面。这样感性的一个女孩，也正是因为她太重情重义，导致了她后来被困牢狱的悲剧。

一天，小雨在阅读作者投递的文稿时，被一篇《我要呐喊》的文章所震撼。作者在文中刻画了自己内心的无助与哀怨，文中讲述的是一个穷苦人家的男孩，自小因家境贫寒，外出他乡打工的心酸历程。在看完文章后，小雨和文章的作者联系上了，他们在一家咖啡店见了面，那篇文章的作者是一个叫李军的男孩。

那天李军穿得很潮，英气逼人的他戴着墨镜，风度翩翩地出现在小雨面前。小雨见到李军后有点措手不及，她以为李军应该是一个很憨厚朴素的男孩，眼前这个时尚摩登的男孩，根本就不像《我要呐喊》中的主人公。小雨以为自己是约错了人，她一再问李军是不是就是写《我要呐喊》的作者，李军坐在她对面微笑地告诉她，他就是文章作者李军。在确定对方身份后，他们开始围绕文章中所叙而展开话题。

李军告诉小雨，他小学毕业后就外出打工了，他刚来城里打工时，睡过马路边的天桥，也曾饿晕过几次，被好心人救醒。李军在家排行老大，下面有两个弟弟和一个妹妹，父亲很早就过世，母亲靠种几分田地来勉强支撑生计。在他十八岁那年母亲因患肺癌，无钱治疗瘫痪在床，当时他也曾想试着找媒体来向社会呼吁求助，可记者见他衣衫朴素，理都不理他。

那时为了能挣钱为母亲治病，照顾弟弟妹妹们的生活，他在别人的介绍下，去了一家星级娱乐城应聘男公关，也就是舞男。他凭着俊朗的外表在灯红酒绿的夜场中叱咤风云，李军说他这些年在夜场挣了不少钱，可他并不快乐。他说他整天对着一些富婆和老女人打情骂俏逢场作戏，感觉这样的生活太没有尊严。

小雨问李军为什么不改行，他的回答很是让人惊叹，他说习惯了夜场的高收入，现在做什么事都不感兴趣。他还说他做了这行，现在没有人看得起他，也没有女孩愿意和他谈恋爱，今年快三十了，还是单身一人。他说他很想有个家，找一个温柔的女人生活在一起，然后再生个可爱的孩子。

李军的想法是每个正常男儿都应有的想法，谁不想有个家呢？不知是出于同情还是暧昧，李军的遭遇很是让小雨怜惜。自那次咖啡厅话别后，他们就经常用电话、短信联系，不知不觉中两颗年轻火热的心渐渐靠近，感情也日渐升温。

为了摆脱“舞男”这个不光荣的身份，为了能和小雨在一起，李军从此再也没有去夜总会上班。他用这些年的积蓄，在市内开了间茶餐厅，生意也算是不错。他一直在努力改变自己，不断进取，只为了能和自己喜爱的姑娘在一起生活，为了能给她一个美好幸福的将来，他真的很努力。

李军的一切改变小雨是看在眼里的，她不在乎李军曾有过一段不光彩的过去，在小雨的心里，她把他看成将会陪自己走过漫长一生的那个有缘人。可人生中的有些事并不是自己能左右的，造化弄人啊！

小雨是家里的独生女，父母对她的婚嫁肯定是格外挑剔。小雨将自己与李军相恋的事告诉了父母，为了避免父母对李军有偏见，他把李军的家境和他过去那段经历都隐瞒了，她只告诉父母李军是个商人。小雨的父母见了李军后，对这个风度翩翩的准女婿也算是满意，他们为小雨选好了订婚吉日，只等着订婚后将女儿嫁给李军，可在他们订婚的那天，一场意外发生了。

小雨订婚那天，在酒店宴请亲朋好友。一对新人举杯共饮，笑迎客人。他们正被幸福笼罩之时，突然有个衣着华丽的中年妇女举杯走了过来，她拍了下李军的肩膀嘲笑道：“阿军，我曾经的小情人，真想不到我今天会在这里喝你的喜酒，这么隆重华丽的婚宴应该是为我俩举行啊，遗憾啊！祝福你！”

这个中年妇女的一番话，将整个热闹的场面一下子带到了低谷。小雨的父母得知自己的女婿李军曾经有过这样不光辉的历史，他们怎么能忍？小雨的母亲当场就把李军骂了个狗血淋头。

小雨见李军脸色苍白傻呆在那里不出声，忙为李军辩护，说那已经是过去的事了，再说李军以前选择那样的工作也是被环境所逼。可任小雨怎样解释，父母都不愿接受李军做女婿。他们狠狠地羞辱了李军一顿后，就硬拉着小雨的手离开，要小雨从此和李军一刀两断。

小雨哭着离开了酒店，李军望着心爱的姑娘被拉走，蹲在地上抱头痛哭。小雨从此被软禁在家里不能出门，狠心绝情的父母怎懂女儿的心，断绝了与李军的联系后，小雨开始绝食，她整天呆呆地望着窗外，除了流泪就是伤心。

为了能让女儿对李军死心，小雨的父母决定去找李军，他们认为只有李军亲口对小雨说分手，小雨才会死心的。

一天下午，小雨的父母来到了李军的家里。被情刺伤的李军，自那次酒店被羞辱后，整天将自己关在房间喝闷酒。他爱小雨，在他的心里，小雨就是他唯一的幸福和快乐，可自己曾经的那段难以见光的灰暗经历，就算小雨不计较，他自己也觉得配不上清纯无瑕的小雨，因此他没有再去找小雨，一个人在家借酒消愁。小雨的父母告诉李军，小雨是他们最宝贝的女儿，他们希望小雨能有个光明幸福的将来，不想女儿在名节上有任何污点，小雨不会嫁一个有艳史的男人。李军决定去见小雨，忍痛与小雨分手。

黄昏时刻，李军随同小雨的父母来到了小雨家，推开小雨房间的门，只见小雨泪眼模糊地傻坐在窗台前。李军见到自己心爱的姑娘如此伤心憔悴，他心里有一种无法言语的痛，他强忍着快要崩溃的心，轻喊了一声“小雨”。

小雨闻声回头，一见是李军，她哭着一头扑在李军的怀里，两个伤心的人，抱在一起哭成一片。

一阵伤心过后，李军咬牙违心地对小雨道："小雨，我想过，我们还是分手吧，我习惯以前灯红酒绿醉生梦死的生活，而和你在一起，我感觉一切都太平淡无趣，所以我想了许久，我们的感情就这样结束吧！对不起！小雨……"

小雨不敢相信这番话是出自李军之口，她哭着道："你是骗我的，你说过你为了我可以改变一切的，你告诉我你现在说分手，这不是你本意，你是在骗我的，一定是爸妈他们逼你这样说的，我要去找他们……"

"小雨，这是我自己的意思，不关你父母的事，请你原谅我！希望你以后能找个比我好的男人……"李军说这话时也只有他自己知道心有多痛。他泪眼模糊、无奈地看了小雨最后一眼，转身离去。

"李军，你这样走，我会让你后悔内疚一辈子的……"小雨哭着从抽屉拿出一把锋利的水果刀想自杀。李军飞步跑到小雨面前，抢夺小雨手中的水果刀，可就在那不小心的瞬间，水果刀刺中了李军的心脏，李军瞬间倒地，鲜血如注。

小雨见李军昏倒在血泊中，她疯了似的趴在李军胸前，哭喊道："军，军，你不要吓我，你不能丢下我……"凄凉的哀叫声彻骨惊魂。

李军因流血过多抢救无效，当晚身亡。离别前他说小雨是他今生唯一爱着的姑娘，并希望小雨以后能快乐幸福……

一场爱情悲剧就这样结局，伤心过度的小雨在醒后被送到了警局，现在还在审讯当中，真希望这个可怜的女人，能早日走出困境，重获新生！我在心中默默地为她祈祷着，小雨，你一定要坚强，坚强！